DIX-HUIT FANTÔMES
(DORTOIR DES GRANDES)

DU MÊME AUTEUR

DANS LE MASQUE :

L'ASSASSIN HABITE AU 21
SIX HOMMES MORTS
(Prix du Roman d'Aventures 1931)
QUAI DES ORFÈVRES
UN DANS TROIS
L'ENNEMI SANS VISAGE
LE CONDAMNÉ MEURT À CINQ HEURES
CRIMES À VENDRE
LE MANNEQUIN ASSASSINÉ
LA MORTE SURVIT AU 13
LA NUIT DU 12 AU 13
LE TRAJET DE LA FOUDRE
LE DÉMON DE SAINTE-CROIX
QUE PERSONNE NE SORTE
SIX HOMMES À TUER
POKER D'ENFER
MADAME LA MORT
DIX-HUIT FANTÔMES
(Dortoir des grandes)
LA MAISON DES VEILLES
FEU LADY ANNE
(L'adorable spectre)
HAUTE TENSION
IMPASSE DES BOITEUX
VIRAGE DANGEREUX

DANS LE CLUB DES MASQUES :

L'ASSASSIN HABITE AU 21
SIX HOMMES MORTS
LÉGITIME DÉFENSE
(Quai des orfèvres)
LE CONDAMNÉ MEURT À CINQ HEURES
LE MANNEQUIN ASSASSINÉ
LE TRAJET DE LA FOUDRE
LA NUIT DU 12 AU 13
UN DANS TROIS
CRIMES À VENDRE
L'ENNEMI SANS VISAGE
QUE PERSONNE NE SORTE
(Six hommes à tuer)
POKER D'ENFER

DANS LES INTÉGRALES DU MASQUE :

INTÉGRALE STEEMAN, Tome 1
INTÉGRALE STEEMAN, Tome 2

STANISLAS-ANDRÉ STEEMAN

DIX-HUIT FANTÔMES
(DORTOIR DES GRANDES)

LIBRAIRIE DES CHAMPS-ÉLYSÉES

A toutes les femmes qui ont inspiré ce livre :

à Krisha

1

Je ne crois pas avoir jamais rien vu de plus joli que cet enterrement.

Je ne vous parle pas des soutanes et surplis déjà au seuil du cimetière quand, abandonnant la Nationale 7, je fonçai à tombeau ouvert vers Mèrémont (et sur le cortège). Je vous parle du corbillard, fleuri jusqu'à l'impériale et blanc comme s'il n'avait jamais servi. Et de ces messieurs de la famille : dix-huit jeunes personnes de quinze, seize ans, en robes bleu lavande, cols Claudine et jupes à fronces, l'air échappées des *Mousquetaires au Couvent*. Vous auriez dit le printemps lui-même qu'on portait en terre ou quelque étrange rite païen.

Une seule femme en deuil, blond platine sous ses voiles et s'appuyant à un homme moins grand qu'elle d'une tête, genre danseur mondain. Les gosses suivaient. Puis une dizaine de femmes entre deux âges, à la découpe d'institutrices, mais dont deux au moins – l'une de type créole, l'autre volantée comme une pagode – faisaient mieux que se défendre. Enfin deux hommes, les seuls du cortège avec le Pedro de tête : l'un, chauve, qui avait l'air d'un toubib rural (et je sus plus tard qu'il hormonisait effectivement ces dames et demoiselles), l'autre, barbu, qui avait l'air d'un peintreà-la-recherche-de-la-vérité (et je sus plus tard qu'il avait effectivement du mal à nouer les deux bouts).

J'avais dû freiner en pleine épingle à cheveux, on était tête-bêche, le corbillard et moi, et la place me manquait pour faire marche arrière. Elle manquait aussi aux gosses pour continuer d'avancer deux de front et chacune, au passage, en profitait pour lever les yeux en deux temps, sur Bertha d'abord, histoire de ne pas se taper dans mes garde-boue, sur moi ensuite, histoire de s'assurer que nous étions assortis, ma cage et moi. De gentils bouts de femmes, malgré quelques juvéniles malfaçons. Mais je savais que la plus jolie manquait à l'appel, qu'elle reposait dans la voiture de tête, promise aux ultimes métamorphoses.

J'attendis que tout le monde eût défilé, écrasai le champignon.

Je savais aussi – ou je l'aurais juré – que l'assassin venait de me passer sous le nez, qu'entre lui et moi la partie était désormais engagée.

2

Mèrémont, *Collège pour Jeunes Filles,* annonçait le premier sapin à main gauche et, un kilomètre plus loin, un végétal de la même famille : *Mèrémont, Institution privée.* Le tout souligné d'une flèche péremptoire vous indiquant quel chemin suivre.

Ainsi aiguillé, il ne me fallut pas cinq minutes pour atteindre la grille du parc, mais il en fallut cinq pour atteindre le perron. C'est vous dire la superficie du parc.

Je m'y connais en architecture comme en obstétrique. Je ne vais donc pas vous décrire Mèrémont. Tout ce que je peux vous en dire, sans risque d'erreur, c'est que la bâtisse était plus que centenaire, en forme de L imprimé, toute blanche au soleil, percée de hautes fenêtres à la française et flanquée de tourelles à poivrières (?).

Aucun signe de vie, sinon des jets d'eau tournant tout seuls sur les pelouses et un échafaudage dégradant l'aile gauche comme un bandage herniaire, mais avec personne dessus. Un vrai château de belles au bois dormant.

Je claquai la portière, foulai un gravier blanc, et ces deux bruits simultanés firent tout de même bouger quelque chose dans l'ombre d'un contrevent : un petit jardinier en bourgeon qui émondait des roses crème.

Je m'approchai et déchiffrai le nom des roses sur une petite planchette de bois que la plus belle portait en sautoir : *Vissia.* Vissia, le nom de la morte. Puis je fis pivoter le gosse en le happant par l'épaule et je compris pourquoi il ne s'était pas retourné en m'entendant venir : il chialait.

Le premier signe de vrai chagrin depuis que j'étais tombé sur l'enterrement...

– Console-toi, mon gars, dis-je. On ne meurt jamais tout à fait.

Je ne sais pas comment ça m'était venu – peut-être à cause des roses, peut-être à cause d'un bourdon brassant l'air chaud –, mais je me promis de le replacer.

Le gosse me jeta un regard incrédule :

– Elle... Elle était si belle et si... si...

– Gentille ?

Ce n'était apparemment pas l'adjectif qu'il cherchait, mais il n'en approuva pas moins avec chaleur.

– Elle avait promis de me marier ! acheva-t-il

avec simplicité. Quand je... je serais devenu quelqu'un!...

– Et tu avais l'espoir de devenir bientôt quelqu'un?

Il fit oui de la tête, tout en me désignant fièrement ses roses :

– Vous n'en trouverez pas d'aussi belles dans tout le canton! Je n'ai pas voulu en vendre jusqu'ici, mais...

– Tu préfères que les petits cochons les mangent?

Il me jeta un regard étonné, presque indigné. Un drôle de petit gars. Tout en os. Et qui ne devait pas avoir beaucoup de suite dans les idées, soit dit en passant.

– Vous ne seriez pas le détective, des fois?

« Le détective »! On gardait drôlement les secrets, à Mèrémont!

J'en convins, et je le vis renaître :

– Je vous aiderai! Vous voulez bien que je vous aide à... à la venger? Demandez-moi n'importe quoi!

– O. K.! Où étais-tu et que faisais-tu quand on l'a tuée?

Un autre se serait effondré. Lui pas. Il parut trouver ça tout à fait régulier :

– Rien! Je dormais...

– Parce que tu sais quand on l'a tuée?

– Non, mais... Ça a dû être au milieu de la nuit, et la nuit...

– Tu dors?

– Oui.

– J'aurais plutôt cru que tu rêvais sous ses fenêtres?

– Pas cette nuit-là! Le père m'avait surpris, la veille, et...

– ... il t'avait collé une pêche?

– Deux! rectifia le gosse.

Il regarda son sécateur, puis moi :

– Dites, vous voulez bien que je vous aide ? Vous me demanderez *n'importe quoi* ?

Un leitmotiv.

Je ne dis ni oui ni non. Je crains les boy-scouts comme les oreillons.

– Je connais tous ceux qui tournaient autour d'elle ! ajouta-t-il comme à regret. Je peux vous dire qui.

– Je croyais qu'elle avait promis de te marier ?

– Bien sûr, on s'aimait ! Mais, jolie comme elle était, elle ne pouvait empêcher que d'autres, des vieux... Remarquez qu'elle en souffrait !

– La rançon de la beauté, suggérai-je.

– Voilà !

Ça devait faire un moment qu'il cherchait une telle formule pour se consoler. Se consoler de l'avoir perdue de son vivant.

– Elle ne voulait pas d'eux, vous saisissez ? Mais ils la menaçaient, elle en avait peur ! Ce... ce n'était encore qu'une gosse, après tout !

Vissia...

Il allait falloir la faire revivre pour comprendre sa mort.

– Et qui, m'as-tu dit, tournait autour d'elle ?

Je crus qu'il allait se dégonfler, de peur de se mouiller, ou de se salir, mais il n'en fit rien, chercha courageusement mon regard.

Un petit gars tout neuf, comme il m'en aurait fallu un pour désherber mes quatre arpents (si j'avais possédé quatre arpents).

– Carnavon, le peintre..., énuméra-t-il, l'air gêné. Et puis son futur beau-père, depuis une semaine qu'il était là... Tous les hommes d'ici, quoi ! Il y avait aussi certaines de ses copines...

– Qui lui tournaient autour ?

– Non... Qui la jalousaient, forcément !

– Au point de... ?

– Je ne sais pas. Je ne crois pas.

– C'est tout?

Je sus que ce n'était pas tout, mais que le reste ne passerait pas.

– Comment t'appelles-tu?

– Jean, mais vous pouvez m'appeler Jeannot... comme elle. Et, si vous avez jamais besoin de moi, vous n'avez qu'à siffler... comme ça. Vous savez, au moins?...

Je lui aurais dit non, il m'aurait pris pour un imposteur.

3

Dans le parc, on aurait pu voir courir les rats (à tout le moins : les mulots). Dans la maison, ils ne s'y seraient pas frottés...

Rien que des couloirs déserts à revêtements de marbre, des pièces inoccupées sentant la craie et le vernis : le thermomètre devait bien marquer quarante au soleil.

Ce que je cherchais, c'était le dortoir.

Le dortoir : les lieux du crime.

Une dame de marbre nue – et prénommée Adèle si j'en croyais le nom maladroitement tracé au fusain sur ses fesses – me signala la présence du maître-escalier (un peu comme la statue de la Liberté signale l'approche du port de New York). Je le montai sur la pointe des pieds (toutes les pensionnaires n'étaient pas à l'enterrement, les plus petites devaient bien avoir classe quelque part), poussai une porte, puis une autre...

La salle de musique et ses pupitres en quinconce. La salle de couture où un chat jouait à la pelote.

Je sus que la troisième porte était la bonne en apercevant deux rangées de lits séparées par une blanche traînée de soleil, puis un petit homme en trench-coat maculé et noir chapeau rond de clergyman qui éprouvait du bout des doigts la résistance d'un sommier. Lui non plus, apparemment, n'avait rien à faire là. Et c'est lui que je vis en premier, à vrai dire, les lits blancs – et la blanche traînée de soleil – rongeant, tout en les dédoublant, les contours de sa chétive silhouette.

– Ça grince? questionnai-je, depuis la porte.

Je croyais l'étonner. C'est lui qui m'épata.

– Comme une scie de bois, répondit-il, achevant son examen avant de s'en détourner. Les lames du plancher aussi. Spécialement la dix-neuvième en partant de la porte-fenêtre.

Il avait une bouille chiffonnée de griffon bruxellois et des yeux bulbeux derrière des verres à plusieurs dioptries qui les arrondissaient encore.

– Commissaire Broche, de la Brigade mobile de Toulon, se présenta-t-il du même ton égal.

Et il ajouta, souriant en dedans, l'air d'un vieux gamin :

– L'officiel...

Je suis bien sûr qu'il aurait déjà pu me décrire en dix lignes.

– Désiré Marco, l'amateur..., dis-je à mon tour. Je croyais que vous aviez donné votre langue au chat?

– Exact, mais le singe n'en a pas voulu.

Le petit homme acheva de reborder le lit comme si la victime l'occupait encore.

– Des tuyaux? questionna-t-il, mine de rien.

Malgré son sérieux, il avait l'air de se foutre de moi.

– Comment voudriez-vous? protestai-je. J'arrive... Et vous?

– Comment voudriez-vous?... Je pars.

Je fis un pas en avant (au propre comme au figuré).

– C'est dans ce lit qu'elle est morte ?

– Oui, le septième en partant de la fenêtre, le cinquième en partant de la porte... et tous les autres étaient occupés, dont deux par de jeunes personnes qui prétendent avoir mal dormi...

Le petit homme donna une dernière chiquenaude au traversin :

– A les en croire, l'une souffrait des dents – première molaire gauche –, l'autre écrivait en cachette à un petit cousin... Une troisième affirme même avoir potassé Tite-Live, en vue de ses examens, mais, celle-là, je la tiens pour mythomane...

– Aucune n'a naturellement rien vu ?

– Rien vu, rien entendu.

Tout cela, je le savais déjà par les journaux. Depuis une bonne semaine. Bien avant que l'Inter me passe Mèrémont. (Mèrémont m'avait appelé la veille.) Mais ça me paraissait tellement incroyable !

Le plus incroyable, d'ailleurs, restait à dire. Et le plus horrible. Je m'y résignai, tandis que le commissaire Broche me considérait avec une ironie teintée de commisération extra-confraternelle :

– J'ai lu que... La gosse avait bien les pieds et les poings... ?

La suite me resta dans la trachée.

– ... liés ? acheva le petit homme.

Il inclina la tête, gravement :

– Garrottés. J'ai défait ses liens moi-même.

Il attendait toujours, comme un pêcheur à la ligne, m'encourageant par sa passivité.

Je mordis à l'hameçon :

– Et... Elle était bien ?...

Qu'espérais-je, au juste ? Que les journaux en aient rajouté ?

Le chétif commissaire Broche inclina de nouveau la tête, sans rien dire, mais j'aurais juré que, cette fois, il pensait moins à moi qu'à Vissia telle qu'il l'avait trouvée : le visage bleu, ses yeux fixes fixant le plafond, étranglée à l'aide de ses propres tresses.

Il n'y avait pas plus de deux lits entre nous, mais, à ce moment, j'aurais soutenu que nous étions séparés par toute la rangée. Je m'imaginais le petit homme se penchant sur la gosse par un matin de juin ensoleillé comme celui-ci, rabattant les couvertures, découvrant... tout ce qu'il y avait à découvrir et qui avait été plus de mille fois décrit.

– Ses vêtements étaient soigneusement pliés sur une chaise, *sa* chaise, acheva-t-il d'un ton neutre. Sur la table de nuit, *sa* table de nuit : une veilleuse à court d'huile, un bout de chocolat entamé portant encore la marque de *ses* dents et...

Je compris que mon bénévole informateur venait de m'en dire plus qu'il n'aurait voulu. Mais ce n'était pas un type à faire marche arrière.

– ... un verre d'eau, compléta-t-il à regret. Un verre d'eau contenant une forte dose de somnifère et auquel son assassin ne lui a apparemment pas laissé le temps de toucher.

Ça, les journaux ne l'avaient pas imprimé. Et ça me parut encore plus raide à avaler – si j'ose dire – que tout le reste.

– Comment avez-vous décelé la présence de ce somnifère ? Vous y avez goûté ?

Le petit homme haussa ses étroites épaules, prenant cet air faussement modeste que je devais lui revoir si souvent par la suite :

– Simple routine. Il faut bien que les gars du labo gagnent leur bifteck, eux aussi.

– En ce cas, comment expliquez-vous que... ?

Je la bouclai. Ces explications-là, c'est à l'assassin qu'il aurait fallu les demander. La gosse aurait, en effet, vidé le verre que le tonnerre ne l'aurait probablement pas réveillée. Et l'assassin ne lui en avait pas donné le temps ! Il avait préféré la ficeler en plein dortoir, parmi dix-huit autres gosses dont une souffrait des dents, une autre écrivait probablement des inconvenances et une troisième – à l'en croire – se battait avec Tite-Live.

Nonobstant, aucune n'avait rien vu, rien entendu ! Toutes, en se réveillant, s'étaient interpellées joyeusement, de lit à lit. Peut-être même avaient-elles un peu chahuté, histoire de bien commencer la journée. Vissia ne bougeait pas, mais qu'est-ce que cela prouvait, sinon qu'elle se cramponnait au sommeil comme il arrive à tout le monde ? Pour découvrir le crime, il avait fallu qu'on la découvrît du même coup en rabattant ses draps, qu'on aperçût son visage bleu, les linges serrés et le collier de cheveux...

Ce fut plus fort que moi. Je dis :

– Elle aurait bu que...

Le commissaire Broche approuva, l'air empoisonné.

– Le meurtrier ne savait peut-être pas que le verre contenait un somnifère, dit-il sans y croire. N'importe qui a pu l'y verser pour des fins qui nous échappent, y compris Vissia elle-même.

– Elle souffrait d'insomnies ?

– Pas que je sache.

En fait de tuyaux, c'était plutôt lui qui venait de m'en donner ! Mais comme on vous refile des billets de la Sainte Farce !

Etendue pieds et poings liés dans son lit. Etranglée à l'aide de ses propres tresses. Des tresses lui tombant jusqu'aux reins. Dix-huit témoins. Aucun témoignage...

Qu'est-ce que ça lui coûtait, dans le fond, au commissaire, de jouer les gazettes ? Plus il m'en disait, moins il m'en apprenait ! Il ne cherchait qu'à me torpiller au port. Il ne faisait, comme ceux du labo, que défendre son bifteck ! Mais j'en savais déjà plus que lui, à y bien réfléchir : Carnavon (le peintre), le futur beau-père plus ou moins amoureux de sa future belle-fille, et ce nom que Jeannot avait ravalé parce qu'il ne passait pas, mais qu'il cracherait – « Demandez-moi n'importe quoi ! » – dès que je le voudrais...

– Je vous remercie, commissaire ! Une cigarette ?

Fut-il sensible au changement de ton ? Toujours est-il qu'il se raidit, lui aussi :

– Je vous remercie. Je ne fume que de l'eucalyptus... à cause de mon cœur, acheva-t-il en confidence.

Cela acheva de me rebrousser le poil, Dieu sait pourquoi !

– En ce cas, je m'étonne que vous soyez flic !

Il me sourit sans rancune tout en tirant d'une poche intérieure, comme il aurait tiré un F.N. de son holster, une boîte de carton plate.

– Je crains que vous ne vous fassiez de fausses idées sur la police... et sur moi. Savez-vous quel surnom m'ont donné mes collègues ?

Il m'épargna un aveu d'ignorance, acheva bonnement :

– Le Père la Planque.

Et, comme si cela n'avait pas suffi à m'éclairer, le décrire d'un mot :

– Il se trouve toujours, dans toute enquête, quelqu'un à qui je donne deux – ou trois – longueurs d'avance. C'est tantôt un témoin, tantôt un prévenu. Ce peut être aussi un coéquipier, officiel ou non... Je me contente de le filer – j'ai débuté comme ça, dans la partie – puis, quand je sais ce qu'il sait, plus ce que je sais et qu'il ignore, je presse le train et le coiffe à mon tour au poteau... de deux – ou trois – longueurs.

L'odeur d'eucalyptus commençait à couvrir celle des roses.

Je ricanai :

– En bref, vous m'attendiez?

– Mettons que je vous espérais.

Les pulsations de mon sang me paraissaient localisées depuis un moment dans les oreilles. Ce n'était pas ça. C'était un bruit régulier et rythmé qui allait se rapprochant et comme font avec leur canne les boiteux ou les aveugles :

Tap -a- tap... Tap -a- tap...

La porte s'ouvrit soudain dans mon dos, et Broche me parut se ratatiner littéralement. Comme un serpent en face d'une mangouste.

– Monsieur Marco? dit une autoritaire voix de femme. Veuillez me suivre dans mon bureau.

La canne avait déjà recommencé de marteler le sol que les interminables couloirs vides et coudés répercutaient encore l'écho de son approche :

Tap -a- tap... Tap -a- tap...

4

La vieille dame ne prit pas la peine de me décliner son identité : elle connaissait la mienne, et je n'étais jamais pour elle qu'un sous-fifre... Je sus néanmoins son nom peu après : Felz (Florence), un nom de jeune fille, qui avait oublié de vieillir en même temps qu'elle.

Elle me précéda dans un bureau Empire, qui me parut plus glacial encore que le reste de la baraque, s'assit derrière une immense table nue, brillante comme un miroir, et me désigna un siège (inconfortable) de sa canne d'ébène à bec d'argent.

Je ne sais d'où lui venait son exceptionnelle majesté. Pas de sa beauté, en tout cas ! Pas même d'une beauté à l'état de souvenir. Elle n'avait jamais dû être belle. Elle aurait plutôt tenu du cheval, avec sa longue figure laminée, sa peau jaune, son soupçon de moustache et ses dents déchaussées. Ainsi hippo-campée, elle ne m'en fit pas moins un effet du tonnerre... Dans sa longue robe princesse de drap noir, un peu élimée, au corsage blat pailleté de jais, au col officier que fermait un camée à tête d'ange, ses cheveux blancs austèrement tirés, ses yeux d'un bleu pur – un bleu de ruban ou de ciel – me considérant d'un air désenchanté, ridée comme le cœur seul vous ride, vous auriez dit un tableau ancien animé par miracle.

– Je vous espérais moins jeune..., soupira-t-elle, laissant retomber un face-à-main d'écaille sombre.

– Je vieillis tous les jours ! alléguai-je pour ma défense.

– ... et plus...

– ... conforme ?

Elle ne m'écoutait déjà plus. Elle venait d'ouvrir un tiroir, y fouillait.

– Vissia, me dit-elle, poussant une photo vers moi de ses longues mains ligneuses, déformées par l'arthrite.

La photo était une de ces photos 18-24, dites photos d'art, où le sujet – quand il appartient au beau sexe – en montre obligatoirement le maximum, dans un nuage (bas) de mousseline ou de tulle.

– Votre opinion ?

Je sursautai, tant j'étais occupé à deviner ce que je ne voyais pas :

– Jolie.

– Ah!

La vieille dame s'attendait visiblement à une autre réaction :

– Ce n'est pas ce que j'aurais dit... d'abord.

Je lui renvoyai l'ascenseur :

– Et qu'auriez-vous dit... d'abord?

– Etrange. Immodeste. Avide. Vivante.

Vivante?... Je n'y aurais pas pensé.

– Admettons. Qu'est-ce que cela change?

Mon interlocutrice avait rebraqué son face-à-main.

– A quelle école de détectives appartenez-vous? s'enquit-elle mielleusement. Celle qui prône la reptation au sol ou celle qui préconise l'éthylisme?

Je sentis la peau de mes joues se tendre vers les oreilles comme après une opération esthétique :

– Aux deux : je picole d'abord, je rampe après... Peut-être souhaitez-vous que je vous montre mes références? ajoutai-je impulsivement en exhibant un portefeuille qui n'en contenait pas l'ombre d'une.

La vieille dame me stoppa heureusement d'un geste :

– Je me serai mal exprimée. Comment comptez-vous procéder?

Là, elle me mettait à l'aise.

– Méthodiquement, dis-je. Je tiens à savoir combien vous hébergez d'âmes sous ce toit : pensionnaires, professeurs, membres du personnel. Je désire aussi obtenir dans les délais les plus brefs : *primo*, leur curriculum vitae (avec aperçu sur leurs caractère, moralité et ascendants); *secundo* : un horaire précis des cours; *tertio* : le détail des matières enseignées...

Si je n'émis pas la prétention d'être informé, de surcroît, de quelle nature était le terrain – tertiaire ou quarternaire –, c'est que je n'en eus pas l'idée.

Mme Felz rebouleversait déjà son tiroir.

– Je ne pense pas avoir rien oublié..., me dit-elle, poussant vers moi – comme elle avait poussé la photo – une pincée de feuillets couverts d'une écriture angulaire et appliquée. Je crains seulement...

Elle avait froncé les sourcils, d'épais sourcils en broussaille qui lui retombaient sur les yeux sans en atténuer l'éclat :

– ... que vous ne vous mépreniez gravement sur l'objet de votre mission.

Ça, c'était du neuf!

– Vrai-ment? dis-je en deux temps. (Je commençais à prendre l'air ambiant.) Je croyais être payé pour trouver le coupable?

– Assurément, admit Mme Felz avec une surprenante facilité, presque avec empressement. Encore faudrait-il que vous fussiez bien pénétré de l'idée que ce coupable n'appartient pas à cette Maison!

Elle avait mis une majuscule à Maison.

– Plaît-il?

– Vissia, voyez-vous, ne comptait *ici* que des *amis*, reprit la vieille dame d'un ton patient. (Après les majuscules, l'italique...) *Tout le monde* l'aimait, et d'autant plus vivement que sa mère, sur le point de convoler, ne lui accordait peut-être pas toute l'affection qui lui était normalement due. *Personne*, en tout cas, n'aurait eu l'idée – ou les moyens – de la tuer. En revanche, je crains qu'elle n'ait noué – *à l'extérieur* – quelques imprudentes intrigues. Elle était si impulsive, si... (Le mot resta en blanc.) Prenez ces maçons qui travaillent à l'aile gauche, raison fortuite qui oblige les petites à dormir en commun... Sans doute sont-ce de braves gens, pères de famille pour la plupart, cela va sans dire. Mais l'état de père de famille n'écarte nullement certaines tentations...

– Bien au contraire! dis-je, malgré moi.

– Bien au contraire, acquiesça Mme Felz. Et c'est cela, justement, que je voudrais *bien* vous faire comprendre! Feu Mme Hazard-Habran, la fondatrice et première directrice de ce collège...

Ici, la vieille dame jeta un regard reconnaissant vers un portrait fumeux qui aurait pu tout aussi bien représenter un sous-bois dans le brouillard :

– ... a toujours eu pour premier et principal souci de faire, des jeunes filles qui nous étaient confiées, de jeunes femmes accomplies, intimement pénétrées de la notion du bien et du mal. J'oserais prétendre que l'élégance – morale et physique – est la première matière inscrite à notre programme. Nous ne sommes pas moins sévères dans le choix des éducatrices chargées de leur enseigner à se bien conduire dans un monde hostile... En un mot comme en cent, l'Institut Mèrémont n'enseigne pas à tuer.

Je résumai :

– En somme, ce que vous voulez, c'est que j'arrête un maçon?

Un joli pétard, mais qui ne partit pas.

– Les maçons étaient en grève quand Vissia a été tuée! répondit aigrement Mme Felz comme si elle me reprochait de l'ignorer (et aux maçons d'avoir si mal choisi leur moment). Je ne vous ai d'ailleurs fourni cet exemple que pour orienter vos recherches dans un sens qui vous aurait peut-être échappé, comme il semble avoir échappé à la police officielle.

Ben, voyons!...

Je résolus de jouer le jeu avec les « bûches » qui m'étaient dévolues :

– J'ai eu le temps de penser – et de repenser – aux circonstances exceptionnelles dans lesquelles le crime a été commis. Si je vois mal comment aurait procédé un meurtrier à pied d'œuvre, je dois vous avouer que je vois moins encore comment s'y serait pris quelqu'un qui aurait eu des serrures à forcer...

– Qui vous parle de serrures à forcer? La fenêtre-balcon du dortoir reste ouverte toute la nuit en cette saison.

– Et vous supposez que...?

Mme Felz ne se donna même pas la peine de me répondre. Il était clair qu'elle ne supposait plus rien ou je n'aurais pas été là, mais dans mon bureau de la rue Vivienne, ou plus probablement au *Canyon*, avec ou sans Moira.

J'insistai :

– Hormis la fenêtre-balcon, voyez-vous un autre moyen par lequel le meurtrier aurait pu pénétrer dans cette maison?

– Non. A moins de s'être caché dans un placard, alors qu'il faisait jour, et d'y avoir attendu la nuit...

– Mais?

– Cela même est douteux, Mlle Tournesac, notre économe, ne se sépare jamais de ses clefs.

– Je vois..., dis-je pensivement.

Pour parler franc, je ne voyais rien du tout.

– Naturellement, toutes les portes étaient bien fermées le matin où...?

– A clef ou au verrou.

Quand je pense qu'il est si difficile d'engager une bonne bonne! Je soupirai :

– En ce cas, à moins que nous n'ayons affaire à l'Homme Invisible!...

– La remise, *elle*, n'est jamais fermée, me signala Mme Felz. Et elle ne contient pas moins de six échelles!

– Une échelle laisse des traces quand on la plante en terre. En a-t-on relevé?

– Non. Mais cela ne prouve rien. L'assassin a pu les effacer.

– Je croyais que le plancher du dortoir craquait et que deux des gosses au moins avaient souffert d'insomnie cette nuit-là?

– Quelqu'un qui serait entré par la porte – au lieu d'entrer par la fenêtre – aurait couru les mêmes risques d'être surpris. Il en aurait même couru davantage, car il lui aurait fallu circuler dans les couloirs, peut-être monter, ou descendre l'escalier, et passer devant la chambre de la surveillante.

Un obstacle de plus auquel je n'avais pas pensé : la surveillante!

– Qui était de corvée cette nuit-là?

– Notre économe : Mlle Tournesac.

Tournesac! Un nom prédestiné. Un nom pour coupable-qui-jouerait-les-comiques.

– Je gage qu'elle n'a rien vu, rien entendu?

– Rien. Elle effectue généralement une ronde vers 10 heures, peu après le couvre-feu, parfois deux quand elle tarde à trouver le sommeil.

– Combien en a-t-elle effectué cette nuit-là?

– Deux, justement! La première vers 10 heures un quart, la seconde vers 1 heure du matin.

– Aucune raison de douter de sa parole?

– Aucune. Mlle Tournesac appartient à cet institut depuis sa fondation et nous n'avons jamais eu à lui reprocher la moindre négligence.

Je me méfie des serviteurs modèles. Peut-être parce que je n'en ai jamais rencontré. Et rien ne m'irrite comme un panégyrique, sinon un éreintement. Le blanc résulte de la combinaison de sept couleurs.

– Hum! Le décès remontant à minuit, selon le médecin légiste, elle aurait moins tardé qu'elle serait probablement tombée sur le meurtrier!

– Cela me paraît hors de doute... Préféreriez-vous enquêter sur *deux* crimes au lieu d'*un*?

Encore un aspect de la question qui m'avait échappé!

– Je suppose que Mlle Tournesac occupe une chambre voisine du dortoir?

– Juste en face. C'est d'ailleurs moins une chambre qu'une sorte de loge dont les cloisons sont vitrées à mi-hauteur.

– Vitrées! En ce cas, si quelqu'un était passé devant...

– ... Félicie l'aurait vu! triompha Mme Felz. (Toujours sa théorie du meurtrier entré par la fenêtre!) A moins, naturellement, que ce quelqu'un ait eu l'idée de se baisser, à l'aller comme au retour.

– Quel âge a Mlle Tournesac?

– Près de la quarantaine, mais vous lui donneriez davantage. Surtout depuis le crime. D'autres que vous ont regretté injustement qu'elle n'ait pas effectué sa deuxième ronde plus tôt, et elle semble se le reprocher la toute première. Je commence même à craindre qu'elle ne s'en remette pas.

Je n'avais pas oublié le petit commissaire Broche et ses pipes hygiéniques. J'eus une illumination :

– Elle est cardiaque?

– Angineuse. A la merci d'une crise.

– Je comprends...

Encore une fois, je ne comprenais rien du tout, sinon l'état d'esprit de cette pauvre Mlle Tournesac. Pauvre?... Minute! C'était elle qui aurait eu le moins de chemin à faire, elle dont la victime et ses compagnes se fussent le moins méfiées.

– Elle aimait Vissia?

– Vous le lui demanderez. Elle n'avait, en tout cas, aucune raison *de ne pas l'aimer*!

– Elle n'aurait pas eu beaucoup de chemin à

faire : seulement le palier à traverser, deux portes à ouvrir...

– ... et une à fermer, acheva Mme Felz. *Sur son passé.*

Ça me parut énorme, sur le moment. Un de ces mots qui, au théâtre, entraînent inévitablement la chute du rideau. Mais je devais changer d'avis avant longtemps. La vieille dame avait mille fois raison : on ne s'improvise pas criminel, à moins de subir le sort de l'abeille, une conscience exigeante finit par vous rétamer plus sûrement qu'un cancer ou la polyomélite.

– Je vous présente à ces demoiselles?

Je n'y tenais pas et le dis. Il était déjà bien assez fâcheux que tout le collège sût pourquoi j'étais là.

– Tout le collège? répéta Mme Felz, surprise.

– Dame! Du moment que les jardiniers eux-mêmes sont au courant...

La vieille dame allait répondre quand on frappa à la porte.

C'était une des gosses que j'avais entrevues à l'enterrement, la seule qui m'eut paru vraiment moche.

– Monsieur Marco?... Mme la Directrice vous demande.

5

Je n'accusai pas le coup immédiatement. Je l'accusai dans le couloir :

– Mme la Directrice?... Mais j'en sors!...

La gosse pouffa, une main sur la bouche, comme si elle craignait de perdre son appareil dentaire. (Notez que je dis : « gosse » comme la vieille dame disait : « les petites », ces « petites » fussent-elles des « grandes ».)

– Elle! Mme Felz?... Elle est directrice comme je suis préfète!

– J'aurais pourtant cru...

– Pourquoi? A cause de ses grands airs?

Il y avait de ça. Mais il y avait surtout la façon dont la vieille dame m'avait parlé de Mèrémont (comme un capitaine vous parle de son rafiot).

La gosse m'épiait du coin de l'œil, un œil d'un bleu terne derrière le verre épais de ses lunettes à monture de laiton :

– Elle vous a *dit* qu'elle était directrice?

Je fus tout étonné de découvrir que non.

– Remarquez qu'elle comptait bien le devenir quand Mme Hazard est morte! Elle s'occupait déjà de tout en ce temps-là, spécialement de ce qui ne la regardait pas! Mme Hazard le lui avait d'ailleurs plus ou moins promis...

– Promis quoi?

– De lui passer la main.

– Et elle n'a pas tenu parole?

La gosse prit un air averti :

– La voix du sang! Peut-être aussi le remords... Mme Hazard avait une sœur – le déshonneur de la famille, morte en 1942 sous les bombes – et cette sœur une fille. C'est à elle que la vieille a finalement transmis le flambeau.

– Et Mme Felz a accepté...?

La gosse ricana :

– Trop heureuse! Vous la voyez, à son âge, courir les petites annonces?... Nous l'appelons « l'Eminence Noire »! acheva-t-elle, l'air content de soi.

Noire? Je l'aurais plutôt appelée « l'Eminence Blanche », mais le moment me parut mal choisi pour affirmer mes préférences. D'autant que j'avais d'autres questions à poser :

– Qu'est-ce qu'elle t'a fait pour que tu la détestes tant que ça?

La gosse aurait été jolie, je lui aurais dit : « vous ». Une jolie gosse, c'est déjà une femme. Saisit-elle la nuance? Sûrement! Il n'y a pas plus chatouilleux qu'une laide.

– Rien! me dit-elle, me laissant retomber une porte sur le nez. Et je vous permets de me vouvoyer!

Je n'allais pas lui courir après. « S'il est permis au beau sexe de manquer d'appas, on ne saurait lui pardonner de manquer d'agrément », disait volontiers grand-père Pons. Je préférai lui laisser prendre du champ – « Un postillon ne peut aller plus vite que sa diligence », disait encore grand-père Pons – et jeter un rapide coup d'œil sur la pincée de feuillets que je tenais toujours à la main et où se trouvait probablement consigné le nom de l'assassin. Il y avait de tout là-dedans, y compris un opuscule publicitaire vantant les avantages du lieu :

Le Collège de Mèrémont s'adresse aux familles qui, tout en désirant procurer à leurs jeunes filles de solides études classiques, ont le souci de voir leur jeunesse s'épanouir dans un cadre harmonieux qui... que...

Vous parlez d'un topo!

Le Collège de Mèrémont vous offre : une section dite « préparation aux examens du baccalauréat », comportant toutes les classes, de la classe de 6e à celle de philosophie; une section dite « initiation aux affaires », orientant les jeunes filles vers un enseignement pratique commercial; et une section dite « éducation sociale » groupant, etc.

Caractéristiques du Collège : Sa situation incomparable... Son magnifique parc... Ses roseraies...

Enseignement : Un emploi du temps judicieusement réglé réserve... Un maximum de vingt élèves par classe permet...

On en aurait pleuré de n'avoir pas de fille !

Bourse : Grâce à sa fondatrice, feu Mme Hazard-Habran, l'Institut accueille chaque année une jeune fille méritante, n'ayant pas les moyens de suivre les cours, et qui bénéficiera d'une bourse si elle se classe première lors des compétitions de fin d'année...

Cours de vacances...

Examens...

Diplômes...

Enseignement religieux...

Soins médicaux...

Vous auriez dit un roman fleuve !

Année scolaire : L'année scolaire commence le premier lundi d'octobre et se termine le 30 juin. Elle se divise en trois trimestres...

Sans blague ?

Correspondance : Les lettres doivent être adressées à Mme la Directrice du Collège qui...

Tout était prévu, somme toute, sauf un tremblement de terre.

Mme Felz avait également tenu à me fournir les noms du personnel enseignant tout en groupant ceux des professeurs appelés à s'occuper plus particulièrement des grandes et avec qui, par conséquent, la victime avait eu des contacts plus suivis :

Enseignement général : Mlle Sergent.

Langues étrangères : Mrs Baker-Queen.

Musique et dessin : Mme R.-L. Perse.

Economat, couture et surveillance : Mlle Tournesac.

Il y avait enfin, toujours tracée de la même écriture angulaire et appliquée, une liste réunissant les noms des élèves, mais je ne lui accordai pas plus d'intérêt qu'à un de ces résumés-du-scénario qui vous dégoûteraient du cinéma. A moi de deviner laquelle de ces demoiselles se prénommait Aurélie ou Sabine, laquelle s'était promise à son cousin et laquelle préférait Tite-Live à Musset. Il serait toujours temps de me reporter à la liste type chaque fois qu'il m'arriverait de me tromper de tour de taille !

– Par ici ! me pressa aigrement mon guide, opérant un retour offensif.

Je l'avais presque oubliée !

L'instant d'après, nous nous retrouvions au rez-de-chaussée, elle frappait à une porte et l'ouvrait sans plus attendre :

– Monsieur Marco... Désiré ! ajouta-t-elle vachement.

Ce qui acheva de me la rendre suspecte au premier chef.

6

Le bureau où j'entrai était l'exacte réplique de celui de Mme Felz (feu Mme Hazard-Habran avait dû commander son mobilier en série), peut-être même y faisait-il plus sombre encore à cause de la proximité du soleil inondant la terrasse, mais je ne m'en avisai qu'à retardement.

Ce qui vous sautait aux yeux, c'étaient des détails de nature frivole : un bibi en plumes de coq, avec voilette gros grain, conférant à un buste de Socrate une allure équivoque, une paire de gants à crispin jetée sur un fauteuil comme des mains coupées, un parapluie de poche ouvert dans un coin (il avait plu la veille), un mouchoir de dentelle étoilant le tapis comme une orchidée écrasée, un sac à main de plastique dont le contenu – rouge à lèvres, poudrier, mascara – s'épandait sur le bureau à côté d'un appareil téléphonique à l'écouteur mal raccroché, et un parfum lourd, tenace, qui, marié à celui des roses, achevait de transformer la carrée en boudoir. (Ça, ça vous sautait plutôt au nez !)

Je fis quelques pas incertains, ébloui par les fenêtres (vous auriez dit des draps de lit blanchis sur le pré), puis m'arrêtai pile, comme un torero myope.

– Monsieur Marco ? Soyez le bienvenu à Mèrémont...

Une jeune femme s'avançait vers moi, vacillant sur des talons démesurés : la dame volantée du haut en bas, entrevue sur le chemin du cimetière.

– Je suis Mme Legrand..., la directrice, acheva-t-elle faiblement, comme si elle n'y croyait pas elle-même.

Je ne pouvais moins faire que de lui baiser la main (elle me la fourrait littéralement sous le nez) et c'est peut-être de ce moment que date mon remords de n'avoir pas baisé celle de la vieille dame...

La petite Mme Legrand – elle ne devait pas faire le mètre cinquante – se prêta à cet hommage avec une frémissante impatience. L'air confus et ravi. Elle avait des dents trop régulières pour être naturelles, un visage oblique de chat pris entre deux portes et quadrillé de menues rides comme du papier écolier, des cheveux ébouriffés de mascotte, un sourire en forme de requête. Le genre de femmes qui vous proposent une tasse de thé avec tant de gentillesse qu'on serait tenté de leur raconter sa vie avant qu'elles aient trouvé le sucre.

– Asseyez-vous là... Non, attendez !... Que je vous présente d'abord... Mme Berg, la malheureuse maman de cette infortunée Vissia... M. da Costa, son fiancé...

Encore des figures de connaissance! La dame blond platine qui jouissait d'un droit de priorité dans le cortège funèbre et le type aux jambes à ressorts qui la soutenait comme une partenaire défaillante.

Je ne les avais pas localisés sur-le-champ, occupé que j'étais à photographier la petite Mme Legrand, mais, maintenant, ils m'apparaissaient en gros plan...

Un fiancé, ce mec-là? Mon œil! Un usager, oui!

Il s'était levé, cherchant – vainement – à m'arriver à l'épaule. Quant à la dame, qui avait fini de me reluquer avant que j'eusse commencé, elle appartenait visiblement à ce genre de chéries qui passent leur matinée à se faire une autre tête que celle que le bon Dieu leur a donnée, s'imaginent que le cosmos, système planétaire compris, a été créé tout exprès pour elles et sont si pénétrées de leurs avantages qu'elles baisseraient leurs jupes devant un aveugle pour ne pas l'induire en tentation. C'est vous dire si je la trouvai sympa.

– Je compte beaucoup sur M. Marco pour découvrir qui a..., commença la petite Mme Legrand.

Puis elle s'interrompit en rougissant (les-choses-à-ne-pas-dire devaient être son cauchemar), repartit de plus belle : « M. Marco passe pour le meilleur détective du moment... », regarda la dame blonde, puis moi, de l'air dépité d'une gosse dont la poupée refuserait de dire « maman », déclara finalement forfait :

– Si vous avez l'une ou l'autre question à poser à Mme Berg...

Des questions, j'aurais pu en poser jusqu'au couvre-feu, ne fût-ce que pour me faire une idée du caractère de la morte, mais la dame l'entendait apparemment d'une autre oreille.

– Je n'en vois pas la nécessité..., dit-elle froidement. Tout ce que j'avais à dire, je l'ai déjà dit – et redit – à la police, *la vraie*. Elle en sait maintenant autant que moi.

Un rêve que les flics devaient en savoir autant qu'elle! Je l'entendais d'ici, faisant sa sucrée : « Une enfant!... Une véritable enfant!... J'étais pour elle comme une sœur aînée... » Et, de crainte que les da Costa n'établissent de comparaisons ou haussent leur tarif, elle avait collé sa cadette en pension : « Je tiens essentiellement à ce qu'elle s'habille court... Elle est encore si jeune... »

Mais la dame blonde n'était pas Mme Felz et je commençais à en avoir plein les pieds de jouer les hommes du monde.

Je dis :

– Vous étiez ici au moment du meurtre?

(Je n'aurais jamais cru tant aimer ce mot-là!)

Ce fut le da Costa qui me répondit. Avec emportement :

– Nous sommes vénous pour la distriboution des prix. Madame voulait aussi mé faire connaître sa pétite fille avant qué zé dévienne son beau-père...

– Quand êtes-vous arrivés? La veille du crime? L'avant-veille?

– Cinq ou six zours avant. On comptait sé marier sur la Côte, y passer notre louné dé miel, puis révénir ici pour la distriboution...

Lui, au moins, y mettait de la bonne volonté! Presque trop. Je me demandai ce qu'il avait à cacher.

– Mais vous n'êtes pas partis tout de suite? Vous êtes restés?

– Si. La pétite était si follement contente dé révoir sa mama! Nous allions zoustément partir quand nous avons appris lé grand malheur...

– Quand et comment l'avez-vous appris?

– Lé samédi matin, à l'hôtel, par oune professeur...

– Mlle Sergent, signala la petite Mme Legrand. Moi, je n'aurais pas eu le courage..., acheva-t-elle avec son perpétuel sourire d'excuse.

Pas eu le courage de quoi? Celui d'annoncer la nouvelle? Ou de voir comment on l'accueillait?

Je revins à mon homme :

– Où étiez-vous et qu'avez-vous fait, la nuit du crime, Madame et vous?

Da Costa, déconcerté, haussa ses épaules de crin :

– Qué voulez-vous que nous ayons fait d'esstraordinaire? La nouit, on dort!

– Et vous avez dormi... tous les deux?

J'avais failli dire : « ensemble ».

– Assourément. Mais pas touté la nouit. Madame né sé sentait pas bien. Zé l'ai soignée.

Comme ça se trouvait!

– De quelle heure à quelle heure?

– Ça, zé l'ignore! Z'avais autré choze à faire qu'à régarder l'heure!

Mme Berg commençait à s'impatienter. Je m'étonnai même qu'elle n'eût pas interrompu son « fiancé » plus tôt. Une seule explication plausible : elle avait intérêt à le laisser parler...

– Cela suffit, Enrique! dit-elle soudain. Partons, maintenant. Je suis fatiguée.

Elle s'était levée, m'ignorant toujours, et l'Enrique qui allait lui donner son nom – la seule chose qu'il dût avoir à donner – l'imita avec empressement.

– Vous nous esscouserez...

Mais je n'avais pas fini de peler ma pomme.

– Un instant! dis-je, regardant les deux femmes tour à tour. Laquelle de vous deux a engagé mes services et à qui devrai-je fournir mes rapports? A vous?

« Vous », c'était la mère éplorée.

– Non, non, à moi! balbutia faiblement la petite Mme Legrand. J'informerai naturellement Mme Berg de... Mais c'est moi qui ai pensé, la première, à... Il est donc normal que...

Qu'elle fût seule à les lâcher, encore qu'elle eût dû caresser un moment l'espoir de partager les frais!

Mme Berg n'avait pas sourcillé. Il est vrai que pour ce qui lui restait de sourcils!

– Cette réunion chez le notaire? intervint-elle agressivement. C'est bien pour lundi matin, 11 heures? Je compte que vous y serez.

La petite Mme Legrand me parut affreusement gênée :

– Certainement! Avec plaisir. Sans faute... Je l'ai noté sur mon agenda! ajouta-t-elle gauchement et de crainte, apparemment, qu'on ne la crût pas.

Le couple sorti, nous éprouvâmes le subit embarras de deux voyageurs fortuitement réunis dans une salle d'attente. Je ne savais quoi dire. La petite Mme Legrand non plus. Elle s'était réfugiée derrière son vaste bureau, récupérant de ses doigts fragiles tous ses menus biens éparpillés : rouge à lèvres, poudrier, mascara.

– Mme Berg et M. da Costa comptaient assister aux fêtes de fin d'année, bredouilla-t-elle comme si j'avais été sourd jusque-là. Vous pouvez imaginer quel choc ç'a été pour eux...

Puis elle se tut brusquement, son sourire à mi-course. Elle avait beau être très bien élevée, elle ne pouvait empêcher que certaines pensées lui viennent, contre quoi elle se défendait mal...

– Cette réunion chez le notaire? questionnai-je à la manière de. Vous en connaissez l'objet?

– Oui, je... Vissia disposait d'une certaine fortune qu'elle tenait de son père... Mme Berg s'attend à en hériter.

Pas d'autres bruits que le chuchotement mouillé des jets d'eau tournants et le claquement intermittent d'un sécateur proche. Le sécateur de Jeannot, je l'aurais parié. Un sécateur qui écoutait.

J'allais insister quand le téléphone se mit à tousser, comme tous les téléphones mal raccrochés.

Mme Legrand me dit confidentiellement je ne sais quoi. Elle avait déjà le récepteur à l'oreille :

– Oui... Non... Non... Oui...

Un début de communication comme tant d'autres! Du moins quand on tient à neutraliser un tiers.

Je déteste – fût-ce par métier – jouer les arapèdes. Je marchais donc déjà vers la porte quand quelque chose me freina aussi sec.

On aurait cru un cri de bête prise au piège :

– Pierre, *non*?... Ce n'est pas possible?... Pierre! Pierre!

Ça faisait une demi-minute que j'aurais dû sortir discrètement. Mais quelque chose me boulonnait maintenant sur place.

Je jetai un coup d'œil à la glace surmontant la cheminée. La petite Mme Legrand avait porté la main à son sein (gauche) et pâlissait à vue d'œil. Pas de doute, elle devait souffrir du cœur, elle aussi! Comme Broche. Comme Mlle Tournesac.

– Vous m'aviez pourtant promis!... Vous m'aviez même juré!...

Toujours ces minables petits bouts de phrases qu'elle laissait aux autres le soin d'achever.

– Ce... ce n'est pas possible! Dites-moi que ce n'est pas possible! Je sais bien, mais... j'étais tellement certaine que, cette fois... J'avais même commencé mes valises et vous savez quel mal j'ai à les faire!

Le cri du cœur.

Puis cet autre :

– Pierre!... Mon Pierrot!...

Elle regardait dans le vide, de grosses larmes délayaient son maquillage, et je fus tout étonné de découvrir que son perpétuel sourire n'avait pas dû, seul, la faner.

Je tirai le battant à moi et sortis.

7

Je n'allai pas loin.

Je butai dans trois gosses – trois grandes – agrafées par la nuque comme des joueurs de rugby.

– Alors? On écoute aux portes?

Elles en convinrent d'un signe, tout en continuant de prêter l'oreille. Il y en avait une blonde, une brune et une acajou.

– Ça boume? questionna la première.

– Il l'enlève? interrogea la seconde.

– Ce soir? Demain? anticipa la troisième.

Je leur dis que non, que Pierre avait dû tomber sur un os.

– Lequel? insista la blonde. Vous avez bien dû entendre?

– Sa femme, suggéra la brune. Les malades ont de ces intuitions!

– Pourtant, depuis qu'ils s'aiment! soupira l'acajou.

Tout cela commençait à m'intéresser furieusement :

– En ce cas, pourquoi ne l'épouse-t-il pas?

– Il le lui avait promis alors qu'ils étaient gosses, expliqua la blonde. Puis ils se sont disputés...

– ... et mariés chacun de leur côté, compléta la brune.

– L'ennui, c'est qu'il n'y a qu'elle qui soit devenue veuve ! déplora l'acajou.

– Vous le connaissez ?...

– Non, reconnut (à regret) la blonde. Mais on a déjà entendu sa voiture.

– Une Cadillac, précisa la brune. Dernier carat. Il laisse son moteur sous pression chaque fois qu'il vient la prendre... toujours le soir. Parfois il donne deux ou trois coups de klaxon quand elle met trop de temps à s'arranger...

– Et que ferais-tu à sa place ? plaida l'acajou. Il a au moins cinq ans de moins qu'elle ! C'est un ingénieur, un type épatant ! ajouta-t-elle à mon adresse, l'air déterminé.

J'y allai d'une nouvelle question :

– Comme ingénieur, il ne doit pas avoir grand-chose à faire par ici ?

– Des clous ! dit la blonde. C'est pour cela qu'il voudrait changer d'air !

– S'expatrier, dit la brune.

– Repartir de zéro, dit l'acajou.

– Mais si sa femme est malade ?

(Moi.)

– Il la laisserait ici, avec tout ce qu'il faut ! Mais c'est un type de devoir ! Il se croit obligé de partir seul.

– Personnellement, je trouve ça idiot ! On ne vit qu'une fois !

– Si sa femme était une femme bien, elle lui rendrait sa liberté !

(N'allez pas me reprocher de ne plus annoncer la couleur. On se serait cru dans une volière.)

– Pourquoi ? Elle ne doit même pas savoir qu'il a retrouvé l'autre, qu'ils s'aiment comme au premier jour... (Delly.)

– Elle serait bien la seule !

– Les premiers intéressés sont toujours les derniers informés...

– Parce que, naturellement, tout le monde, ici, est au courant ?

Une question que j'aurais aussi bien fait de ravaler.

– Dame ! dit la blonde.

– Il lui téléphone des deux et trois fois par jour, renchérit la brune.

– Quand on a trop de chagrin, on aime à se confier, décréta l'acajou.

– Parce qu'elle s'est confiée à l'une d'entre vous ?

– Souvent, dit la blonde. Et à Mlle Sergent, Mme R.-L. Perse, *toutes celles qui peuvent la comprendre* !

– Elle nous donne aussi quelquefois des lettres – des lettres pour lui – qu'on va déposer dans un arbre creux, au Carrefour de l'Orme, chuchota la brune.

– Il n'y a qu'à Mme Felz qu'elle n'a jamais rien dit, filtra l'acajou. Et aux petites ! Mais elles n'en sont pas moins au courant, forcément !

Les amours de la directrice, l'odeur des roses, la mort de Vissia... Je commençais à me consoler de n'avoir pas de fille !

– Tenez, vous-même, on ne vous aurait rien dit, vous n'en auriez pas moins deviné ! Si pas tout, l'essentiel...

Ça me rappela brusquement pourquoi j'étais là :

– Vous savez qui je suis ?

Mes trois petites bonnes femmes inclinèrent faiblement la tête, soudain muettes.

– Vous aimiez Vissia ?...

Elles s'entre-regardèrent à nouveau, furtivement, et je les vis se fermer comme des belles-de-nuit.

– Beaucoup, dit l'une.

– Ce n'était pas une vraie copine, avoua la seconde.

– Mais on ne lui aurait jamais fait de mal! protesta vivement la troisième.

On entendait la petite Mme Legrand aller et venir derrière la porte, remuer un fauteuil, ouvrir un tiroir.

– Et elle?... Elle n'était pas fille à vous en faire?

Peut-être en aurais-je tiré quelque chose si j'avais eu le temps d'insister. Ce que je leur demandais, au fond, c'est d'exposer leurs griefs et c'est là une tentation à laquelle saint Antoine lui-même n'aurait pas résisté.

Mais une cloche s'était mise à sonner quelque part, faiblement d'abord, puis à toute volée, et je n'avais pas fini de poser ma question qu'elles pirouettaient déjà. Pas tellement parce qu'elles devaient craindre d'arriver trop tard, mais parce qu'elles savaient ce qu'elles voulaient savoir – qu'il n'y aurait pas d'enlèvement ce soir-là – et qu'elles ne devaient nullement tenir à vider leur sac.

J'en laissai filer deux, en retins une, au hasard.

Enfin, quand je dis : au hasard!

C'était l'acajou.

– Un moment! Venez là...

Elle se débattit un peu, pour la forme, les yeux brillants, se retrouva coincée à mes côtés, sur une banquette d'angle :

– Que... que me voulez-vous?

– Vous faire violence.

– Vio... violence?

Ses lèvres en étaient blanches.

– Je... je pourrais appeler!

J'acquiesçai :

– Et après? Je désire vous questionner, non vous

embrasser. *Primo* : vous n'avez pas l'âge. *Secundo* : vous n'êtes pas mon type.

Vous auriez dit une chatte branchée sur une prise électrique :

– On ne vous a jamais dit que vous étiez mufle ?

– Si. Quelquefois. Des hommes et des femmes. Les hommes n'ont pas eu l'occasion de le répéter, sauf un. Sugar Ray Robinson l'a répété. Quant aux femmes, cela n'impliquait nullement que je leur déplaisais, au contraire ! Chacun sait que les femmes sont portées à préférer la désinvolture au mérite.

La cloche sonnait de plus belle, une gamine passa devant nous en courant, et je compris qu'il était plus que temps d'en venir à l'essentiel :

– Comment vous appelez-vous ?

Je proteste que telle n'était pas la question que je voulais poser.

– Aimée, dit-elle. Et vous ?

– Désiré, répondis-je sans honte.

Ce dont j'aurais rougi sur le moment, c'est d'avouer que certaines jeunes personnes m'avaient baptisé Pacha.

Je m'abstins également d'ajouter que nos prénoms nous créaient des obligations réciproques, mais elle dut le penser, car cela faisait un bon moment qu'elle aurait pu récupérer son poignet.

– Eh bien, au revoir ! dit-elle, virevoltant sans autre nécessité que de faire danser sa jupe. L'étude prend fin à 7 heures, nous dînons à 8 et vous connaissez le numéro de ma chambre.

Elle se fichait de moi, mais on ne me cloue pas aussi facilement.

– Laissez la fenêtre ouverte, conseillai-je. Je viendrai vers minuit.

Les roses – à ma décharge – n'avaient jamais embaumé plus fort.

8

– Vous vous méprenez, dis-je. Je veux louer une chambre. Je ne désire pas acheter l'hôtel.

Le propriétaire des lieux – un petit vieux à la barbichette mitée et au col à manger de la tarte – avait déjà décroché une clé du tableau :

– Monsieur plaisante. Monsieur ne trouverait pas à se loger à meilleur compte à plusieurs lieues à la ronde.

Non seulement je n'aurais pas trouvé à me loger à meilleur compte, mais je n'aurais pas trouvé à me loger du tout : l'hôtel *Belle-Vue* était le seul du patelin.

– Je vous donne le 13, ajouta le petit vieux d'un air entendu.

Le 13?... Ç'aurait peut-être ravi Moira – à moins que ça ne l'eût fait fuir –, mais l'astuce m'échappa :

– Pourquoi? La chambre est hantée?

Le petit vieux sourit par politesse :

– Du tout! dit-il, continuant de balancer sa clé sous mon nez. Je vous mets au 13 parce qu'il jouxte le 14.

– Et le 12!

– Obligatoirement. Mais le 12 est libre.

– Tandis que le 14?

– Est occupé. Par Mme Berg.

Je commençais à râler sec :

– Et après? Vous ne vous imaginez tout de même pas que j'en pince pour elle?

Le petit vieux, une main levée, parut vouloir poser une affiche flétrissant la licence des mœurs :

– Du tout! En revanche, je me suis laissé dire que vous étiez détective. Une bribe de conversation est vite surprise entre voisins de chambres...

Le vieux Shylock qui cherchait à m'appâter en jouant les moutons!

Qu'auriez-vous fait à ma place? Je fus lâche. Je happai la clé.

– Votre bagage! me rappela le vieux. Nous n'avons pas d'homme de peine.

Et il ajouta vivement, comme je me dirigeais vers l'ascenseur :

– L'appareil ne fonctionne pas.

Ben, voyons!...

– Déjeuner à 13 heures, dîner à 19 heures, me dit-il encore, tandis que je commençais à m'appuyer la première volée d'escalier. Les repas pris en dehors par les pensionnaires ne leur sont pas décomptés.

J'eus un moment l'envie de redescendre pour me proposer comme gérant (ou veilleur de nuit), mais pour ce que ça m'aurait avancé! Les types de son acabit sont à l'abri de tout, y compris l'ironie. Vous leur abîmeriez le portrait qu'ils le porteraient simplement sur la note.

Le 13 était au second et son unique fenêtre donnait sur une cour avec poulets. Pour une belle vue! Je débouclai ma valise, en sortis pêle-mêle tout ce qu'il y avait à en sortir, puis me jetai sur le lit, la nuque dans les mains et mes tatanes sur le couvre-pied. Pas que j'avais envie de dormir. Avec un plumard pareil, vous auriez toujours pu essayer! Mais parce que j'avais besoin de réfléchir...

Réfléchir! Réfléchir à quoi? Je me relevai, farfouillai dans mes affaires, dégotai la bouteille d'alcool sans quoi je n'irais pas de la Concorde à l'Etoile. Le soleil, malgré les volets clos, me chatouillait le bout du nez et l'air confiné était alourdi par un entêtant parfum de roses. Je me demandai machinalement d'où il pouvait bien provenir. De mes propres fringues, probablement. Ou alors de mon subconscient.

Etendue pieds et poings liés dans son lit. Ses yeux fixes fixant le plafond. Etranglée à l'aide de ses propres tresses. Des tresses lui tombant jusqu'aux reins. (La presse.) *Sur la table de nuit : une veilleuse ayant bu toute son huile, un bout de chocolat entamé, un verre contenant une forte dose de somnifère.* (Broche.) *Dix-huit témoins. Aucun témoignage...*

Là était le vrai problème (et qui se soldait par ce seul mot : « Comment ? »). Mais j'étais bien sûr de sécher en l'abordant sous cet angle-là. Broche aussi avait séché et il connaissait le parcours mieux que moi. Restaient le « pourquoi » et le « qui ». Mais, du « pourquoi », je m'en balançais ! Vissia, pour ce que j'en savais, avait dû être une drôle de petite garce, une garce à chiper tous les cousins à sa portée, désespérer les Jeannot et incendier Mèrémont pour peu qu'elle disposât d'un briquet garanti. Alors, qu'elle eût été refroidie par intérêt, jalousie, haine ou amour... Le mobile ne changeait rien au fond, comme on dit au prétoire, et personne ne s'expliquerait jamais mieux là-dessus que le coupable (une fois épinglé).

Drôlement simple, à la réflexion ! Ce qui l'était moins, c'était la dégelée de suspects (et, accessoirement, de cardiaques).

J'en pris une bonne lampée, comptai sur mes doigts...

Les professeurs d'abord : Mlle Sergent (enseignement général), Mrs Baker-Queen (langues étrangères), Mme R.-L. Perse (musique et dessin), Mlle Tournesac (à surveiller tout particulièrement, celle-là, vu le plan de l'étage !). J'allais oublier la petite Mme Legrand et ce commandeur en jupons longs : Mme Felz... Les gosses ensuite : dix-huit, pas plus !... (Sans doute ne s'agissait-il pas de suspects à proprement parler, mais, pour moi, le latex est déjà du caoutchouc!) Mme Berg et le futur M. Berg... Jeannot et sa passion rentrée... Enfin ce peintre, Carnavon, trop barbu pour être honnête : « Une barbe cache toujours quelque chose », prétendait grand-père Pons.

Je repris du whisky. Et Pierre, alors? Pierre, dit Pierrot? Ce Pierre qui s'amenait à la nuit tombante, donnait deux ou trois coups de klaxon et repartait comme il était venu, sans se faire voir? Ce Pierre, qui ne trouvait plus de ponts à construire dans le coin, méditait de nous quitter?... Peut-être bien qu'il était fou de la petite Mme Legrand, peut-être bien aussi qu'à force de l'espérer chaque soir... (Avec tout ce temps qu'elle tuait à s'arranger!...) Je me mettais à sa place, gonflé à bloc par l'attente, une sèche aux lèvres, une autre déjà pressée sur l'allumeur électrique... N'importe quelle jupe qui serait venue à remuer l'air dans l'entre-temps!

Le soleil chauffait de plus en plus fort, une grosse mouche se tapait dans les carreaux, et je pensai à Moira. Une fière idée que j'avais eue de quitter Paris sans préavis! Un simple coup de fil à ce godiche de Godon, qui gardait un secret comme on garde un rhume, et elle était capable de rappliquer dans les quarante-huit heures, avec tout juste ce qu'il fallait de vitriol pour décider Aimée à entrer au Carmel!

Aimée... Je la revis dans sa robe bleu lavande, coincée dans l'angle du mur. Un joli nom, Aimée, tout un programme, et un joli brin de fille.

Mais un sacré risque! On en a vu d'autres ayant un frère champion, un père général...

Je me levai, branchai mon rasoir électrique.

Jouer les Roméo? Mieux valait jouer les pseudo-étrangleurs!

La prise ne marchait pas.

9

Je coupai le contact, retirai la clé, claquai la portière.

Il faisait une de ces nuits dont on dit qu'elles sont uniques : ciel fourmillant d'étoiles, brise embaumée, chœur amoureux des crapauds. Avec, en plus, très loin dans la campagne endormie, une note sonore inattendue, prématurée, qui donnait au printemps un avant-goût d'automne et semblait vous presser d'en jouir : un cor de chasse jouant *L'hallali par terre* :

La p'tite Emilie
M'avait bien promis...

Je traversai le parc comme un voleur – ou, peut-être, comme le meurtrier huit jours plus tôt –, donnant du nez dans des ballets d'éphémères, laissant des fils de tweed aux épines des rosiers et projetant sur l'herbe une ombre plus pressée que moi.

Eclairée par la lune, la façade en L de Mèrémont se détachait en blanc bleuté sur le fond noir de la forêt. Çà et là quelques fenêtres brillant d'une lumière rouge ou orange selon que les rideaux étaient tirés ou pas. La petite Mme Legrand devait veiller encore. Je pouvais également suivre, de fenêtre en fenêtre, la ronde attentive d'une surveillante.

Je me mis à la recherche de la remise, tournai l'angle de la maison. Plus de clair de lune, et la nuit me parut soudain plus froide. Le joueur de cor s'époumonait toujours, mais c'était maintenant *La Daubigny* qu'il lançait à tous les échos :

La Daubigny sonne dans Chapèze
Ses plus fiers accords
Et l'on entend, quand le vent s'apaise,
Braire un vieux dix cors...

Je tombai soudain sur une construction de rondins que je ne m'attendais pas à trouver là, cachée par deux énormes sapins. Peu probable que ce fût la remise. Je n'en poussai pas moins la porte qui grinça comme un bouchon qu'on scie, frottai une allumette.

La cabane devait servir de débarras. Çà et là des meubles dont on devinait les arêtes sous des housses à l'aspect inquiétant de cagoules, quelques instruments de jardinage rouillés, un mannequin de couturière affublé d'une méchante jupe d'indienne, un coffre à ferrures, des tapis roulés. Je me souvins que j'avais emporté une torche électrique, en projetai le faisceau blanc autour de moi. Quelqu'un avait fait récemment du feu dans la cheminée de briques rouges, deux fauteuils à bascule flanquaient une petite table ronde, un canapé avait été dépouillé de sa housse, pliée sur l'un des bras en guise d'appui-tête, je repérai même sur le plancher cinq ou six bouts de cigarette. Je me baissai, en examinai un, non sans regretter que Mme Felz ne fût pas là pour me voir. Il était de liège et touché de rouge à lèvres. Ma torche, tandis que je me relevais, alluma une étincelle qui me fit également découvrir, dans l'angle de la cheminée, deux verres sales. Je m'étais cru dans ma cabane au Canada. J'étais tombé sur une garçonnière.

Le vent, en faisant grincer la porte, me rappela le véritable objet de mon expédition. Il serait toujours temps de revenir rôder ici par la suite. J'éteignis ma torche, repartis à la recherche de la remise.

Je la trouvai blottie entre deux serres et pus m'assurer du premier coup d'œil que Mme Felz n'avait rien exagéré. J'y comptai plus d'échelles que dans un nylon superfin. Le tout était d'embarquer la bonne, ni trop courte ni trop longue.

Vous m'auriez rencontré cinq minutes plus tard que vous m'auriez pris pour un ramoneur faisant des heures de rabiot ou un accrocheur de lampions. Et, soit dit en passant, ça m'aurait drôlement bien arrangé : je vous aurais réclamé un coup de main.

Pas à dire, le meurtrier devait être drôlement siphonné s'il avait suivi le même chemin avec le même barda! Personnellement, je ne voyais pas trop ce que j'aurais pu arguer pour ma défense si l'on était venu à me demander à quoi je jouais...

J'avais repéré le balcon à l'aller et c'est à cette précaution que je dus de choisir la bonne échelle. Je ne m'en sentis pas moins drôlement soulagé quand j'atteignis le terminus.

Le balcon avait la superficie réduite d'une nappe à thé et je n'y fus pas plutôt accroupi que je remerciai le ciel : le battant entrouvert de la porte-fenêtre jouait librement, aucune armoire normande ne me barrait la route...

Je dois d'ailleurs noter que ce fut ma première surprise de la nuit, cette désinvolture unanime de dix-huit gosses à l'égard d'un mortel revenez-y. Quant à la seconde, je l'éprouvai tout de suite après : un lointain klaxon cornait aigrement à l'entrée du parc, une porte battit quelque part, des pas légers de femme firent crisser le gravier à moins de dix mètres de moi. Malgré sa récente déconvenue, la petite Mme Legrand revolait à ses nocturnes amours.

J'attendis qu'elle fût loin, que le vent m'apportât le vrombissement d'une auto remise en marche, mon oreille gauche, lovée dans l'entrebâillement de la fenêtre comme un microphone, continuant d'enregistrer simultanément d'autres bruits, plus ténus, mais autrement sonores (et du moins rassurants) : ronflements en mineur, sommiers grinçant sous le poids d'un corps qui se retourne, froissements de draps...

L'insomnieux joueur de cor s'essayait maintenant au Lancer :

Dans une chambre sans chandelle,
Quand votre amant est près de vous....

(Un gars qui ne se doutait assurément pas que j'étais son seul auditoire! Seul... avec la petite Mme Legrand et Pierre qu'une telle sérénade devait rapprocher singulièrement. Peut-être, qui sait? Comptaient-ils même un peu là-dessus comme sur le reste – le halo du tableau de bord, le crissement d'un bas de soie trop tendu, le trait de feu d'une comète happée par le bouchon du radiateur – pour favoriser leur réconciliation...)

Je regrettai fugitivement qu'on fût en juin : je me serais costumé en Père Noël.

Le premier lit à main gauche était occupé par une petite blonde, dormant en clé de fa comme un angelot sur un cumulus, le premier à main droite par une grande bique coiffée à la Titus et tout aussi inoffensive. Inutile de les observer longtemps pour s'en assurer : il suffisait de les entendre.

Mais il y avait les autres, et une chose est de se rincer l'œil, une autre de se le faire pocher. Je m'agenouillai donc sans égards pour mon pantalon neuf et me remis en route selon le manuel du parfait trappeur, une écharde dans la main gauche.

Je ne distinguais plus guère que des pieds de lits et de chaises, des franges de couvertures retombant sur le plancher, des chaussures de toutes les pointures, et des conglomérats de moutons hors de portée des balais des femmes de ménage. Du moins pouvais-je espérer ainsi rejoindre mon ombre sans encombre et me trouvais-je en meilleure posture pour compter les lames de plancher et enjamber, le moment venu, celle dont le petit commissaire Broche m'avait inconsciemment incité à me méfier : la dix-neuvième en partant de la fenêtre.

Ce que je maudissais, c'était ce clair de lune dévidant devant moi, et jusqu'à la porte, un étroit tapis blanc. Et cette écharde qu'il me fallait bien garder dans le derme en attendant des jours meilleurs.

J'avais eu soin de chausser des espadrilles et je ne crois pas que ma moyenne horaire dépassât l'hectomètre. Chaque fois que je m'arrêtais pour souffler ou étouffer un grincement du plancher, je n'en sentais pas moins la sueur me couler le long du dos et mes muscles jambiers prendre la raideur de boyaux de chat.

Ajoutez à cela que je ne cessais de compter les ais – quatorze, quinze, seize – pour être sûr de ne pas louper le bon ou, pour mieux dire, le mauvais.

Je ne le loupai pas. Je n'avais pas plutôt mis les genoux dessus – en y portant tout le poids du corps pour mieux brûler le suivant – que j'eus l'impression d'avoir déclenché une aube de moulin hors service.

Au silence qui suivit, je me berçai un moment de l'illusion de n'avoir réveillé personne. Je me trompais lourdement : ce silence était de ceux qui devancent les cataclysmes...

Quand je le compris, je voulus me relever, courir à la porte, mais il n'était déjà plus temps. Un concert de clameurs s'élevait autour de moi, les cris de : « Au voleur! » et : « Au feu! » répondant à ceux de : « A l'assassin! » et autres exhortations diverses.

L'instant d'après, je recevais deux jeunes personnes sur le paletot, tandis qu'une nuée d'autres accouraient de toutes parts en se prodiguant les plus inquiétants encouragements :

– Tords-lui le bras, Chris ! – Fais-lui le coup de la fourchette aux yeux, c'est infaillible ! – Passe-moi la potiche, la grande ! – Tape-lui la tête contre le plancher !

Une drôle de sensation, je vous prie de le croire, et une fameuse corrida ! L'une de ces demoiselles, la plus rondelette, s'était assise sur ma nuque, une autre s'essayait tenacement à me replier la jambe droite vers le nez, une troisième s'activait à me déchausser le pied gauche dans je ne sais quel barbare dessein, une autre encore me donnait de grands coups de chausse-pied sur le crâne.

L'ennui, c'est qu'il m'était difficile de me défendre selon une technique rationnelle. Je n'appréhendais que d'agréables rondeurs ou de minces étoffes qui se déchiraient à la moindre prise, chacune de mes tentatives pour marquer un point provoquant infailliblement un cri d'indignation ou un gloussement de poule pondeuse :

– Oooh ! Il m'a pincée ! – Et moi, alors, regarde ma chemise ! – Non, mais ! Quelle brute !... – Casse-lui le bras, on l'assommera après ! – Si on le ligotait ? – Tiens, attrape ma ceinture...

Il n'empêche que, après cinq minutes de ce combat inégal, j'avais autour du cou une jambe qui ne m'appartenait heureusement pas, contre ma joue une poitrine mal protégée et, sous la main, d'autres appas moins définis – toutes fermes raisons m'inclinant à espérer que le sort de la bataille tarderait à se dessiner un moment encore – quand la porte vint à s'ouvrir dans mon dos et l'étreinte générale à se dénouer subitement.

Mme Felz était là, appuyée sur sa canne à bec d'argent, son ombre d'équerre avec elle, et d'autant plus grande et majestueuse que je la voyais de plus bas :

– Monsieur Marco !... Pouvez-vous m'expliquer la raison de ce scandaleux intermède ?

« C'est toujours quand vous venez à hériter d'une bicyclette que vous vous cassez la jambe ! » prétendait grand-père Pons.

Je me relevai piteusement, non sans lorgner les pertes subies par l'adversaire :

– Hum ! Peut-être aurais-je dû accepter que vous me présentiez à ces demoiselles, tout compte fait...

Lesdites amazones, recouvrant leur pudeur à défaut de leurs nippes en charpie, s'égaillaient maintenant vers leurs lits.

– Ce qui signifie ? insista sévèrement Mme Felz.

– Que le meurtrier n'a pu entrer par la fenêtre ! dis-je. Ou, alors, c'est qu'il compte mieux que moi !

Je croyais que le rideau allait tomber là-dessus. Je me trompais.

Mme Felz n'était pas seule dans l'encadrement de la porte. Une autre femme se tenait derrière elle, moins grande d'une demi-tête, les traits bouffis, la peau trop blanche, un peignoir de flanelle hâtivement passé sur une chemise de nuit de rayonne pompadour à col fermé. Elle considérait fixement un point derrière mon épaule et je compris qu'elle n'avait pas dû cesser de le regarder depuis que la porte s'était ouverte, avant même que Mme Felz tournât le commutateur. Je compris aussi, au tremblement convulsif de ses lèvres, à ses yeux écarquillés et à son index tendu, qu'elle était en proie à une terreur panique.

– Là ! Là ! gémit-elle d'une voix qui ne portait pas. *Vis-sia !*

J'eus du mal à la boucler. Le lit de Vissia était effectivement occupé par une jeune beauté vêtue d'entredeux et dont une résille de chenille noire enfermait les luxuriants cheveux blonds, ce qui pouvait les faire passer pour foncés, dans l'obscurité. Une jeune beauté à qui j'aurais volontiers dit deux mots.

– Voyons, Félicie! intervint Mme Felz, non sans irritation. Vous voyez bien que cette jeune fille ne ressemble en rien à Vissia! J'aurais dû penser à vous prévenir, ajouta-t-elle plus doucement. Mademoiselle est Mlle Foudre. Ses parents nous l'ont confiée cet après-midi pour qu'elle suive nos cours de vacances...

Elle aurait pu tout aussi bien s'adresser à une sourde. La dame au peignoir de flanelle venait de s'affaisser le long du chambranle comme un sac de son percé par le bas.

Mais elle n'était pas évanouie. Elle grimaçait comme un boxeur atteint au plexus.

– Vite! dit Mme Felz. Martine! Suzan! Portez Mlle Tournesac dans sa chambre...

Mme Felz savait choisir ses infirmières. Je reconnus deux de mes catcheuses les mieux douées. Mais je n'allais pas leur laisser croire qu'elles avaient réussi à me catcher quelque chose :

– Permettez!... Vous m'éclairerez!

Je ne peux pas dire que la dame me fit l'effet d'une plume. Elle me parut, au contraire, peser dans les cent kilos, comme tous les blessés ou malades qui se sont mis en tête de prendre racine.

Martine et Suzan allaient devant; par bonheur la lumière achevait de les dévoiler par transparence et j'y puisais un singulier réconfort.

En pénétrant dans la chambre de la surveillante, je me souvins de la sommaire description que m'en avait donnée Mme Felz. « Sommaire, mais exacte », dirait mon collègue Wens. La pièce, une pièce d'angle visiblement construite le jour où la maison avait trouvé sa destination actuelle, était vitrée à mi-hauteur et, sur toute la largeur de la cloison donnant sur le palier, un système de rideaux à tirage permettait à son occupante de s'isoler à son gré.

Mme Felz nous avait suivis, elle-même flanquée de deux ou trois jeunes personnes, dont la nouvelle, se dévissant le cou pour mieux voir.

– Emma ! Courez chez le docteur ! Ramenez-le de toute urgence !

Emma ! Encore une que je n'étais pas près d'oublier et à qui je gardais un chien de ma chienne, car, pour ce qui était des coups défendus !... Je l'avais repérée tout de suite dans le tas, à ses lunettes, sa voix pointue et son odeur d'encre. Il est vrai qu'elle avait dû me remettre aussi et voir là une occasion inespérée de me faire passer le goût du tutoiement. J'aurais maintenant parié qu'elle était la première de sa classe, qu'elle allait décrocher la bourse promise à la plus méritante et la moins argentée.

Mlle Tournesac gémissait comme une vieille dame obligée de grimper un escalier de sept étages et que la mort guetterait en haut, par-dessus la rampe. J'eus subitement peur qu'elle passe avant que j'aie pu l'interroger :

– Pourquoi avez-vous cru devoir effectuer deux rondes, la nuit où Vissia est morte ?

Il y eut un frémissement dans mon dos, comme une risée sur l'eau, et le cercle attentif des gosses acheva de nous investir. Ainsi plantés autour du lit, nous devions vaguement évoquer *La Leçon d'Anatomie,* de Rembrandt.

Mlle Tournesac me jeta un humble regard de bête injustement rudoyée et bredouilla je ne sais quoi.

– Je vous ai déjà expliqué ! intervint Mme Felz. Félicie n'est tenue à procéder qu'à une seule inspection, peu après le couvre-feu, pour s'assurer que ces demoiselles n'enfreignent pas la discipline du collège. S'il lui arrive de récidiver, comme cette nuit-là, c'est par excès de zèle ou dans l'espoir de vaincre l'insomnie. Elle n'était même pas tenue de nous en faire l'aveu!

– A moins que quelqu'un l'ait vue!

Mon rôle ne me plaisait qu'à moitié, mais il était trop tard pour renverser la vapeur :

– Rappelez vos souvenirs! Je ne suppose pas que vous ayez eu la curiosité de jeter un coup d'œil dans le dortoir, quand vous vous êtes levée pour la seconde fois?

– Et pourquoi l'aurait-elle fait? intervint derechef Mme Felz. Nous sommes en pleine période d'examens, les enfants ont besoin de repos! Un geste maladroit, et cette pauvre Félicie risquait de les réveiller...

– Pas toutes! repartis-je malgré moi.

Si j'avais pu me douter alors combien tout cela avait peu d'importance, je crois que je me serais épargné bien des peines (ainsi qu'à cette pauvre Félicie). Mais allez donc déterminer, au départ d'une enquête, ce qui est important ou pas! Un départ d'enquête ressemble à un sac de pommes : on achète les pépins avec la pulpe (plus de pépins que de pulpe, d'ailleurs!).

Ramassée sur elle-même comme pour offrir moins de prise au mal, Mlle Tournesac me désignait maintenant le tiroir supérieur d'une commode installée à la tête de son lit. Je le tirai à moi, découvris pêle-mêle un pull-over inachevé, une pelote de laine dévidée, de vieilles lettres, une boîte de bonbons poisseux où adhéraient des bouts de fil, une aumônière, un bouquet d'immortelles effeuillées, tout un bric-à-brac de vieille fille qui se penche régulièrement sur son passé. Je continuais d'éprouver l'absurde impression que j'allais faire jouer un ressort caché, tomber peut-être sur une de ces confessions comme en rédigent, à l'article de la mort, les meurtriers doués d'un minimum de savoir-vivre.

Mme Felz me détrompa.

– Son médicament, là! me dit-elle, sans réussir à cacher le dégoût que lui inspirait un tel fouillis.

Je m'emparai de la boîte désignée, d'un rouge aussi explosif que les dragées qu'elle contenait, et Mme Felz me la prit aussitôt des mains, démasquant ainsi les quatre ou cinq gosses qui faisaient de la figuration à l'arrière-plan. L'une me tournait le dos et semblait sur le point de se baisser, les autres chuchotaient. Je les observai un moment, mais elles durent en avoir conscience, levèrent les yeux et vous auriez dit qu'on allait les photographier. Plus le moindre battement de cils, plus le moindre regard chiffré. Ces gosses n'étaient pas simplement curieuses, quelque chose devait les travailler. Et, en plus, elles avaient les jetons!

Mme Felz exhortait la malade :

– Encore un peu de courage, Félicie!... On va vous soulager... Le docteur est prévenu... Songez à mon drain! acheva-t-elle, un ton plus bas.

Puis elle se tourna vers moi :

– Monsieur Marco!... Ces petites n'ont rien à faire ici!... Reconduisez-les à leur dortoir, veillez à ce qu'elles se recouchent!

Je faillis en avaler ma chique. De Pacha à maman Marco, pas à dire, j'avais fait du chemin depuis la veille! Les petites non plus n'en croyaient pas leurs oreilles. Je dus les pousser littéralement dehors, la nouvelle exceptée.

– Je crains d'être très prise, me souffla-t-elle, tandis que je réglais la circulation sur le palier. Dites-moi tout de suite où et quand vous voulez me revoir.

On a beau avoir l'expérience des femmes, je

m'attendais à tout, sauf à ça! Moi qui osais à peine la regarder!

– Demain soir, vers 10 heures, dis-je vivement. Dans la cabane de rondins, à l'orée du bois.

Elle ne devait pas la connaître encore, mais je pouvais me fier à elle pour la découvrir!

– O.K.! dit-elle, s'assurant d'un coup d'œil que les autres gosses avaient réintégré le dortoir. Je me mets en frais, ou je viens comme je suis?

Ce qui me sauva de l'apoplexie, ce fut la double irruption du toubib et d'Emma, l'un suivant l'autre.

Je ne vais pas vous décrire le Dr Cadet pour l'excellente raison que vous l'avez déjà vu à l'enterrement. Mais mieux peigné. Ainsi tiré du lit, ses derniers cheveux pointant au-dessus des oreilles comme deux cornes, la ceinture dénouée de sa robe de chambre battant derrière lui comme des suivez-moi-jeune-homme, il me parut avoir besoin lui-même d'une cure d'hormones.

– Le docteur! claironna Emma en pénétrant dans la chambre de Mlle Tournesac comme si c'était la sienne. Impos-sible d'al-ler plus vite! ajouta-t-elle, subitement à bout de souffle, avec cette fausse efficience des gens qui profiteraient d'un tremblement de terre pour se faire valoir.

Le docteur, qui regardait par terre, allait la suivre, quand il se baissa vivement, se releva de même. Un myope aurait cru qu'il venait de semer l'un ou l'autre brimborion et de le récupérer, mais j'y vois clair, Dieu merci! Il venait de *ramasser* quelque chose et de l'enfouir dans la poche droite de sa robe de chambre : un feuillet de papier blanc, plié en deux, et glissé entre le plancher et la cloison.

Je lui donnai le temps de gronder cordialement la malade selon des principes éprouvés, puis entrai à mon tour comme Emma allait me fermer la porte au nez :

– Un coup de main, doc ?

Il se retourna, bouche bée, une seringue hypodermique dans la main gauche, tandis que la droite montait machinalement à son cou et y cherchait un nœud de cravate à resserrer.

– M. Marco, présenta Mme Felz d'un air excédé. Le Dr Cadet, *notre* docteur...

Et comme pour mieux me faire sentir combien mon intervention lui paraissait inopportune :

– J'aime à croire, docteur, que vous allez pouvoir soulager la malade immédiatement ?

– Je l'espère, dit le Dr Cadet sans se compromettre et tout en se battant avec l'embout de son aiguille. Ce que je m'explique mal, c'est l'origine d'une telle crise...

– Une nouvelle élève nous a été confiée en fin d'après-midi et nous lui avons donné le lit qu'occupait cette *pauvre* Vissia. Vous savez combien nous sommes à l'étroit pour le moment, à cause de ces maçons... Le malheur a voulu que j'oublie d'en avertir cette *pauvre* Félicie et, quand, dans l'obscurité, elle a vu quelqu'un bouger dans le lit de cette *pauvre* petite...

Le Dr Cadet avait écouté avec la plus vive attention (tout en continuant de tripoter son aiguille) :

– Il n'est pas loin de minuit et je n'ai pas mis plus de dix minutes à accourir... Félicie, si je comprends bien, aurait donc procédé à son inspection du dortoir plus tard que de coutume ?

Un type qui aimait aller au fond des choses, malgré son apparente bonhomie ! Peut-être la raison pour laquelle il s'était fait toubib, après tout !

– Félicie ne procédait pas à son inspection habituelle, expliqua Mme Felz d'un air de plus en plus excédé. Au vrai, nous avons eu une alerte... sans raison sérieuse. Un homme s'est introduit dans le dortoir, les petites l'ont aperçu, pris pour le meurtrier de Vissia, et leurs cris nous ont réveillées...

Une version singulièrement expurgée, entre nous, et Mme Felz, dans sa robe princesse de drap noir, ne ressemblait pas précisément à une personne tirée du lit!

– Par exemple! s'exclama le Dr Cadet. Un homme! (Comme il se fût écrié : « Un ours! ») J'espère que vous ne l'avez pas laissé se sauver?

– Non, non! dit Mme Felz. Il n'en avait d'ailleurs pas l'intention.

Le Dr Cadet comprenait de moins en moins :

– Vous l'avez interrogé?

– Non, ce... C'était inutile. Il n'est pas dangereux.

Encore un pavé dans mon jardin, mais que Mme Felz aurait probablement gardé pour se construire une maison si elle avait surpris mon colloque avec la nouvelle.

– En ce cas, vous devez savoir à quel mobile il a obéi?

Mme Felz – ce dont je lui sus gré – coupa court à toute supposition injurieuse :

– Certainement! Ils étaient d'ordre strictement professionnel.

Et, comme elle commençait vraiment à en avoir par-dessus la tête, elle lâcha tout le paquet d'un coup :

– Cet homme était Monsieur, et Monsieur est détective.

Pour un peu, elle me l'aurait reproché!

– Un coup de main, doc? en profitai-je pour redemander, repoussant Emma et m'emparant d'autorité de la bouteille d'alcool à 90°.

Le Dr Cadet était si retourné qu'il en avait presque oublié sa malade. Il est vrai que les pilules explosives commençaient à produire leur effet.

– Je vous remercie! me dit-il, m'arrachant l'alcool comme s'il craignait que mon seul contact le changeât en cyanure.

– Vous ne voulez pas que je vous éclaire?

– Inutile.

Le reste fut sans histoire. Mlle Tournesac lui tendait le bras avec cette résignation propre aux êtres dont la santé dépend des bons offices d'autrui, mais le docteur préférait piquer ailleurs et je me laissai refouler par Emma sans autre protestation.

Je n'avais d'ailleurs plus la moindre raison de m'incruster. Je savais tout ce que je voulais savoir et j'allais en savoir davantage encore dans un instant.

J'attendis d'être dans le parc pour déplier le papier subtilisé par le Dr Cadet. La lune continuait de blanchir le paysage et, quoique ça me parût ébouriffant au premier coup d'œil, impossible de douter de ce que je voyais.

Il ne s'agissait pas d'une lettre, mais d'un rébus maladroitement dessiné :

– Vous ne retirez pas l'échelle? fit une voix, derrière moi. Supposez que le meurtrier s'en serve avant l'aube... Vous auriez bonne mine!

Je ne pris même pas la peine de me retourner.

Ça faisait un moment déjà que les roses empestaient l'eucalyptus.

10

Je réintégrai l'hôtel.

Entendez par là que je m'efforçais de défoncer la porte depuis dix bonnes minutes et songeais sérieusement à aller chercher une échelle pour rentrer par la fenêtre quand le patron s'amena dans un carrick à carreaux qui le faisait ressembler à un cocher londonien.

– Vous rentrez tard ! me dit-il de l'air pincé d'un type qui a avalé son râtelier.

Je lui désignai la pendule :

– 10 heures moins 10. Vous appelez ça rentrer tard ?

Je crois vous avoir déjà fait comprendre que M. Letort – ainsi s'appelait le petit vieux – goûtait peu la plaisanterie.

– L'hôtel *Belle-Vue* n'a rien d'un palace, reprit-il aigrement. (Ça, il n'avait pas besoin de me le dire !) C'est un havre pour gens simples et d'aspirations modérées. Je ne conteste pas que votre profession peu courante comporte certaines obligations qui ne le sont pas moins : on ne saurait demander à un charbonnier de blanchir du linge. (Grand-père Pons n'aurait pas mieux dit !) Il n'en reste pas moins que, si vous avez la fâcheuse habitude de confondre la nuit avec le jour, ce n'est pas ici que vous auriez dû prendre pension, mais chez Bettina !

Dans sa bouche, ce nom avait le poids d'une insulte.

– Bettina ! répétai-je, apparemment atterré.

– La deuxième maison à main droite, dans la première rue à main gauche, précisa M. Letort d'un air dégoûté et comme pour mieux me pénétrer de mon indignité. Vous avez dû la voir en passant...

Mais j'étais déjà ressorti.

– Merci pour l'adresse! lui criai-je de la rue.

Le bar de Bettina était une de ces petites boîtes qui fleurissent dans les endroits les plus inattendus l'espace d'une saison et se signalent généralement à l'attention du noctambule par des stores de satin bouillonnés et des rideaux de guipure.

– Bonsoir! dis-je en entrant. A boire pour tout le monde!

Je dois avouer que la clientèle se bornait à un homme paraissant réfléchir, la tête dans les mains, au destin de l'humanité.

Bettina, sans quitter l'abri de son comptoir, m'accueillit d'un large sourire. Je lui donnai quarante ans, mais elle ne les aurait pas acceptés. Très noire de cheveux (elle avait dû en retoucher les racines le jour même) et la peau bistre (poudre ocre Saint-Ange n° 9 pour peaux grasses), elle portait une robe de satin rouge cerise (les tombants des rideaux) où vous auriez pu situer du doigt le départ de sa gaine et la chute des jarretelles.

– Fine trois étoiles? Champagne? me proposa-t-elle gentiment.

– Scotch and plash, dis-je à seule fin de l'épater.

Mais elle ne devait pas moisir dans le coin depuis longtemps, car elle ne me fit même pas répéter.

Une chance que le petit père Letort m'eût quasiment foutu dehors! Je n'aurais pas pu fermer l'œil de la nuit. Avec ces souvenirs qui m'échauffaient le creux des mains, je me sentais même incapable de rester en place. Penser qu'il y a des gens – et j'en étais la veille – pour prétendre que l'odeur des roses manque de piquant!

Laissant Bettina à son alchimie, je lui tournai le dos, entrepris d'inspecter les lieux...

Les banquettes circulaires étaient de velours rouge, les tables en matière plastique noire, les tapis d'un dessin assez embrouillé pour neutraliser les taches, les murs crème et ornés de toiles fraîchement peintes, comme je m'en assurai en me collant le nez dessus.

Bettina devait être douée du pouvoir de regarder de plusieurs côtés à la fois :

– Comment trouvez-vous celle-là? *Idiosyncrasie?...*

Je ne tenais nullement à ce qu'elle m'empoisonnât par dépit artistique :

– Intéressante.

– Et celle-là?... *Printemps factice?...*

Ma promenade prenait des allures de chemin de croix.

– *Retour de Flamme,* me signala discrètement Bettina comme je reculais, malgré moi, devant un mélange explosif de jaune d'œuf et de bleu électrique.

– Inattendue.

Bettina me laissa le temps de souffler un moment, mais elle continuait d'avoir un œil sur moi.

– Et celle-là? triompha-t-elle comme je terminais mon tour d'exposition. *La Môme aux Myrtilles?...*

Impossible de garder le doigt sur la goupille plus longtemps ou c'est moi qui aurais éclaté :

– Moche.

– Moche? rugit aussitôt une voix d'outre-tombe. Tu l'as entendu, Bet-Bettina?... Il a dit : m-m-moche!

Je fis volte-face. Le type, qui avait paru réfléchir jusque-là au destin de l'humanité, s'avançait vers moi à la façon d'un bulldozer :

– Il fallait dire : éc-écœurant, dé-dégoûtant, put-putrrride ! Mais ça ne fait rien, vous avez dit : m-m-moche ! Sans savoir devant qui vous pa-parliez, sans vous douter même que cette étonnante ordure était – hic ! – sortie de moi, ergo : sans chercher à me flllatter !... Vous savez ce que vous mé-mériteriez ?... Que je la dépende et vous la d-d-donne !...

Je le persuadai de n'en rien faire.

– Ça va ! coupa-t-il, mauvais. Je pourrais pas, de toute f-f-façon ! Je l'ai déjà donnée à Bet-Bettina en gage de multiples et dis-dispendieuses libations... Et je me fous – hic ! – de votre foutu jugement de bourgeois ! M-m-moche !... Il fallait dire : éc-écœurant, dé-dégoûtant...

– Putride.

– Dites donc ! fit-il. Doucement !

Sans les hic, les *l* mouillés et les syllabes réfractaires, j'aurais pu croire qu'il se payait ma tête. Erreur : il était poivre, mais nature.

Il était également barbu, ce qui m'avait échappé jusque-là.

– Enchanté, monsieur Carnavon ! dis-je finement.

– Foutre.

A en juger par son air concentré, il me paraissait ruminer un de ces manifestes en trois points qui alimentent les salamandres bourgeoises, mais je ne lui donnai pas le temps d'en exprimer le premier mot.

– Votre drink, dis-je, le lui collant dans la main. Ce que je me demande, après avoir vu vos vaches vertes, c'est ce qui a pu vous séduire en elle.

– En qui ?

– En Vissia.

– Revenez un de ces soirs, me conseilla maternellement Bettina tout en appliquant ce qui lui restait de glace vive sur le crâne de Carnavon et quand j'eus tout payé : les deux chaises, le service de verres, le shaker, les scotch and plash et la glace du fond. Je crois que je pourrai vous expliquer...

– A votre place, j'aurais discuté pour la glace du fond, me dit le commissaire Broche comme je tournais le coin de la rue. Elle était fêlée.

11

Minutez le temps qu'il faut pour esquiver une chaise, en prendre une autre en plein bide, se retrouver sur le derrière, récupérer, contrer un crochet à l'œil, riposter par un direct au foie, se retrouver sur le derrière, s'envoyer un scotch and plash, disputer trois sets avec un service de verres, étoiler une glace (déjà fêlée), contrer un direct au foie, riposter par un crochet à l'œil, se retrouver sur le derrière, s'envoyer un scotch and plash, bosseler simultanément un shaker et la marmite d'un peintre de génie (ou se donnant pour tel), ranimer une quadragénaire de cinquante ans sanglée dans un corset (jonquille) comme un lardon mexicain dans sa hotte, achever d'endormir le peintre déjà cité, revenir à la dame et l'aider à tout remballer, s'envoyer un scotch and plash, raccrocher une toile tombée en veillant qu'elle soit à l'endroit, la rependre à l'endroit, évaluer amicalement avec la dame le montant des déprédations causées, fermeture éclair comprise, le réduire d'un tiers, finir à deux la bouteille de scotch, prendre dignement congé et sortir de même (à tout le moins l'essayer...). Ajoutez le temps passé à semer e commissaire Broche, faire sept fois le tour de l'église, griller trois pipes, arracher la sonnette du notaire. Additionnez le tout et vous ne vous étonnerez pas d'apprendre que je trouvai, m'attendant au retour dans ma chambre, le café-picon commandé la veille quand je croyais encore me pagnoter vers 1 ou 2 heures du matin, comme vous et moi.

Rien de tel qu'un café-picon pour vous décaper le palais, mais je n'en avais pas sifflé la moitié qu'un bruit de voix irritées s'élevait de l'autre côté de la cloison, au 14. Pas de doute, ça baroudait ferme dans le futur ménage da Costa!

Je me renversai en arrière (j'avais la nuque dans les mains et mes tatanes sur le couvre-pied), tendis l'oreille. En vain. L'hôtel *Belle-Vue*, pour une fois, tenait plus qu'il ne promettait. Encore cela se soldait-il par un excès de briques contrariant la propagation du son!

Par chance, les petites filles modèles de Mèrémont m'avaient affranchi, je savais quoi faire...

Je passai sur le palier, repérai le 14, m'agenouillai, l'œil au niveau de la serrure...

Pour moi, un deuil sincère se porte jusqu'à la peau, comme un cilice. Mme Berg lui préférait apparemment celui, réversible, des veuves joyeuses. Assise devant sa coiffeuse, elle exhibait un dos poudré, sauvé de la disgrâce par un léger empâtement et comprimé dans une gaine rose thé. La jupe et les bas noirs attestaient seuls de la perte irréparable qu'elle venait d'éprouver.

Da Costa, lui, sacrifiait au demi-deuil : il allait et venait en caleçon mauve et si pétulamment que le trou de la serrure en était sans cesse occulté.

– Et quelle heure était-il? redemanda Mme Ber

Enrique parut choqué :

– Comment voulez-vous qué zé sache? V m'avez repris mon bracelet-montre!

Mme Berg, imperturbable, continuait de se ravaler la façade :

– Je me suis endormie vers minuit. Vous n'étiez pas rentré.

– Alors cé qué zé souis rentré tout dé souite après ! Zé zousté été zousqu'au patélin !

– Quoi faire ?

– Rien dé spécial ! Prendre l'air, rêver dé vous...

– Je ne vois pas pourquoi vous éprouvez le besoin de sortir pour rêver de moi quand je suis couchée dans votre lit !

– Aussi foumer oune cigarette... Vous n'aimez pas qué zé foume dans la chambre.

– Alors pourquoi fumez-vous maintenant ?

– Parcé qué vous m'énervez avec toutes vos questions ! On dirait que vous êtes zouze d'instrouction !

– Souhaitez que le juge ne vous en pose jamais d'autres ! Je ne suppose pas que vous ayez rencontré quelqu'un pendant votre promenade ? Je veux dire : quelqu'un qui pourrait témoigner en votre faveur ?

– Comment voudriez-vous ? On ne voit plus ouné chat dans les roues, passé 10 heures !

– Vous y étiez bien, vous !

– Cé né pas la même chose ! Vous étiez souffrante, zé voulais vous laisser reposer tranquillement...

– ... et vous teniez tant à me retrouver endormie que vous m'avez donné un somnifère !

– Cérie ! Cé vous qui me l'avez demandé ! Et cé vous qui m'avez conseillé de faire ouné petite tour !

– Simple ballon d'essai. Je voulais voir ce que vous me répondriez.

– Qué cé qué c'est encore qué cette histoire de ballon ! Oune piège ?

– Vous êtes devenus très vite amis, Vissia et vous, n'est-ce pas?

– Z'adore la mama! N'était-il pas fatal – fatal? – qué z'aime aussi la fille?

– Vissia et moi ne nous sommes jamais entendues, vous le savez! Et elle aurait tourné autour de vous que cela ne m'étonnerait pas autrement!

– Cérie! Vissia était oune enfant, ouné petite enfant! Et cé lé premier devoir d'oune foutour beau-père qué dé sé faire aimer par sa foutoure belle-fille!

– Vissia n'était plus une enfant. C'était une femme.

– Avec des zoupes commé ça? Au-déssou dé zénoux?

– Vous savez très bien que c'est moi qui exigeai qu'elle se rajeunisse... Enrique!

– Cérie?

– Vous oseriez jurer que vous ne l'avez pas vue ce soir-là? Le soir de sa mort.

– Zé lé zoure, cérie! A vos zénoux, si vous voulez!

– Inutile.

– Considérez d'ailleurs qué zé n'aurais pas pou rentrer vers minouit si z'avais été zousqu'au collèze! Zé vous ai quittée vers 11 heures.

– Cela vous laissait largement le temps de pousser jusqu'à Mèrémont avant que... Et rien ne prouve que vous êtes rentré vers minuit!

– Zé vous en ai donné ma parole! Vous n'allez pas douter dé la parole d'un da Costa, maintenant?... D'ailleurs, z'ai oune alibi!

– Eteignez cette cigarette. Et passez-moi mon corsage... Non, l'autre... Là, sur cette chaise... Je croyais que vous n'aviez rencontré personne?

– Z'avais oublié! Z'oublie touzours tout... Zoulie était encore débout quand zé souis rentré... Vous n'avez qu'à lui demander...

– Julie?

– La pétite femme dé chambre, la rousse... Celle qui nous apporte le chocolat en mettant touzours un céveu dedans...

Cette fois Mme Berg se retourna. Sans hâte, comme au ralenti. Ses joues avaient pâli, ou était-ce l'effet de la poudre? Ses lèvres étaient serrées comme elles l'étaient dans le bureau de la petite Mme Legrand. Il ne lui manquait qu'une cravache pour jouer les femmes de boyards :

– Me prenez-vous pour une oie?

A défaut de cravache, elle avait d'ailleurs empoigné un flacon dont il n'était pas difficile de prévoir la trajectoire :

– Cette fille est folle de vous, vous lui feriez dire n'importe quoi!... Je suis même à peu près sûre que vous avez couché avec elle!

– Cérie! Comment osez-vous? Zé sais bien qué vous êtes souffrante, mais...

– Souffrante? C'est vous qui me faites souffrir!

Il était inutile que j'en entende davantage : le flacon venait de frapper la porte et de rebondir sur le plancher, tandis qu'Enrique se répandait en protestations outrées.

Je me mis en quête de Julie, la trouvai dans la lingerie.

– J' trie les serviettes, me dit-elle dès l'abord, repoussant du dos de la main la mèche flamboyante qui lui tombait sur l'œil. Et j' suis pas arrangée! ajouta-t-elle, se méprenant visiblement sur mes intentions.

Je la fis asseoir :

– A quelle heure te couches-tu d'habitude?

Elle tira sur ses bas, à travers sa jupe trop étroite de deux lés :

– J'ai pas d'heure, mais du moment que j' suis prévenue...

– A quelle heure t'es-tu couchée vendredi dernier?

– Vendredi?

– Le soir qu'on a commis un crime au collège. Ne me dis pas que tu ne t'en souviens pas!... Les flics ont déjà dû te poser la question, non?

Elle secoua la tête, les yeux ronds. Un beau brin de fille, malgré une loucherie intermittente, mais que l'esprit attendait toujours de visiter, bien qu'elle eût dû perdre depuis longtemps tout ce qu'il fallait pour en être touchée.

– Rappelle-toi!... C'est ce soir-là que M. da Costa est rentré passé minuit! Il t'a même fait remarquer que la pendule avançait!

Je m'avançais pas mal moi-même, mais le temps m'était mesuré, quelque chose me disait que nous aurions de la visite avant peu.

Je ne croyais pas être si bon prophète. Julie se grattait encore la nuque, l'air perplexe, qu'un rectangle de lumière se découpait sur le mur du fond, encadrant une ombre chinoise au long nez :

– Zoulie? Vous êtes là? Zé voulais zoustément vous dire...

Je me retournai, fis les honneurs du lieu :

– M. da Costa? Je vous attendais...

– J' trie les serviettes, crut devoir expliquer Julie. J' suis pas arrangée!

Enrique avait passé un pantalon bois de rose, mais il me parut nourrir les complexes d'un homme encore en caleçon. Je ne lui donnai pas le temps d'inventorier les dégâts :

– Alors, comme ça, on vient rafraîchir la mémoire de son témoin?... Allez-y de votre couplet! Je ferai la claque.

Enrique chercha à gagner du temps :

– Zé né comprends pas cé qué vous voulez dire...

– Ça doit ténir à mon accent !... Qui a eu l'idée de venir voir Vissia, vous ou votre fiancée ?

Pris de court, il regarda Julie, en train de relever du plat de la main la mèche qui lui tombait sur les yeux, moi, puis la porte.

Mais je la bloquais du pied.

– Moi, dit-il enfin, l'œil noir. Vous comprénez !...

– Je comprends très bien. Vous aimiez la mama, vous vouliez vous faire aimer de la fille, d'autant qu'elle était plus riche que la maman.

– Cé qui signifie ?

– Rien ! Je me demande seulement si vous ne vous faites pas d'illusions...

– Z'ai passé l'âze des illousions...

– Croyez-vous ? Croyez-vous que Mme Berg serait venue ici si c'était *vous* qui en aviez exprimé l'intention ? Ne croyez-vous pas plutôt qu'elle venait justement de recevoir une lettre de Vissia et que... ?

Enrique haussa ses épaules factices :

– Vissia désirait natourellement faire ma connaissance, mais...

– Et, quand vous l'avez vue, vous lui avez fait une forte impression ?

– Zé crois. Zé oune certaine expérience des femmes.

– Elle vous a donné des rendez-vous clandestins ?

– Zé crains dé né pas comprendre : « clandestins »...

Je le fis asseoir. Sur une pile de torchons.

– Assez de boniments ! Tu as croché la mama, sans savoir qu'elle avait une fille ou sans savoir à quoi elle ressemblait. Quand tu l'as su – et que tu as appris, de surcroît, que la dot de la fille valait deux fois celle de la mama – tu as essayé de crocher la fille. Tu as beau penser au flouze d'abord, tu n'aimes pas te surmener, et il est plus facile de prendre une virginité que de soigner une cellulite. Plus agréable aussi! Mais tu avais compté sans la gosse. La gosse, elle, ne voulait que faire rater le mariage! Pour deux raisons, étrangement similaires! *Primo* : parce qu'elle te méprisait. *Secundo* : parce qu'elle méprisait davantage encore sa mère et que ça devait l'amuser de la contrer. (Elle était encore si enfant!) Et sais-tu quoi?... Je ne serais pas autrement étonné qu'elle t'ait fait chanter, que tu aies été obligé de la tuer, *sous peine de perdre les deux*!...

Vous me direz que j'allais à la pêche, qu'un détective se doit de suivre une piste. Je vous répondrai que ça n'empêche pas qu'il peut aussi suivre une idée.

– C'est oune piège? me demanda sévèrement da Costa.

– Un ballon d'essai, tout au plus!

Les yeux lui en sortirent de la tête, mais je n'eus pas le temps de pousser mon avantage. La porte venait de se rouvrir :

– Enrique! Que faites-vous là?...

– Il défend sa tête, dis-je. Par malheur, Julie ne me paraît pas à la hauteur de la situation.

– J' trie les serviettes, expliqua Julie. J' suis pas arrangée.

Mme Berg était maintenant tout en noir, prête à apitoyer les populations, et spécialement le notaire, mais il ne fallait pas qu'elle m'en conte!

– De même que vous allez hériter d'elle, Vissia était appelée à hériter de vous! dis-je précipitamment. Elle ne voulait pas que M. da Costa vous abandonne un jour, ne vous laissant que les yeux pour pleurer. C'est pour cela qu'elle vous a demandé de venir, pour vous le prendre, puis vous le rendre, une fois déshabillé. Elle espérait ainsi vous faire comprendre... Mais on connaît toujours mal ses parents : vous avez cru qu'elle cherchait à vous le soulever pour son usage personnel et... et...

Comme une lumière trop crue vous fait voir double, il arrive que la vérité vous fasse bafouiller :

– ... si votre « fiancé » n'a pas d'alibi, vous n'en avez pas davantage ! Vous auriez pu aller jusqu'à Mèrémont, vous aussi ! D'autant que c'est vous qui l'avez incité à sortir, à vous donner un somnifère que vous n'avez pas dû prendre !

Mme Berg ne broncha pas.

– Venez, Enrique ! dit-elle simplement, nous enveloppant d'un regard méprisant, Julie et moi.

Elle prit son temps :

– Nous dérangeons ces enfants...

Je l'aurais battue, étripée ! Je comptais sans les quadratures astrales, comme aurait dit Moira.

Quelqu'un – une femme – venait de rouvrir la porte et l'ombre de sa robe princesse nous rapetissa tous de cinquante centimètres.

– Une vraie réunion de famille ! constatai-je amèrement.

La nouvelle venue me chercha des yeux, me repéra :

– Vous ne m'attendiez pas, monsieur Marco ?

– Au contraire ! protestai-je. Désireuse comme vous l'êtes de découvrir un coupable qui n'appartienne pas au collège, vous deviez forcément songer à interroger Julie.

– J'trie les serviettes, j'suis pas arrangée ! plaça vivement Julie.

J'achevai :

– La seule chose qui m'étonne, c'est que vous ne m'ayez pas devancé.

– On a tant à faire ! soupira Mme Felz.

J'allai jeter un coup d'œil derrière la porte.

Broche n'y était pas, mais je le trouvai dans ma chambre, en train de finir ma bouteille de whisky.

– Que pensez-vous de Julie ? me demanda-t-il. Elle s'arrangerait un peu...

12

Je ne pouvais moins faire que de passer prendre des nouvelles de Carnavon (d'autant que je comptais lui réclamer la moitié du prix de la glace...).

Je consulte rarement le calendrier, sauf en fin de mois. Je n'en eus pas moins plutôt mis le nez dehors, mon café bu, que je sus quel jour on était. Peut-être à cause d'une lointaine fanfare agonisant sur un couac, peut-être parce que Julie, esquichée dans un coin de porte par un galant, exhibait une robe de satin bleu, peut-être parce que les ombres s'étiraient plus paresseusement sur la route. Plus probablement parce qu'il est inutile de consulter le calendrier pour reconnaître un dimanche.

La villa de Carnavon, elle aussi, avait l'air endimanché. Mais elle devait l'avoir toute la semaine, grâce à son toit de tuiles vertes, ses murs de crépi crème, son jardin de curé et sa porte à claire-voie qu'un chat à moufles blanches s'amusait à ouvrir et refermer de la patte pour en faire tinter la sonnette. Elle s'appelait : *Les Soucis*, ce qui prouvait à tout le moins que ses occupants n'étaient pas superstitieux, et, fait digne de remarque, c'étaient effectivement des soucis qui flamboyaient dans les parterres, non des giroflées ou des phlox, comme il eût été normal. (Je ne connais pas une villa sur dix qui réponde à son étiquette.)

J'enjambai le chat, achevai de pousser la porte de la maison qu'il avait entrebâillée. Je m'attendais un peu à tomber sur un tricycle renversé. Il n'y avait pas de tricycle, mais une femme fredonnait *Le Roi des Aulnes*, tout en s'accompagnant maladroitement au piano (et, ça aussi, vous ne l'entendez jamais que le dimanche).

– Madame Carnavon ? questionnai-je, poussant la porte qu'il fallait. Je m'appelle Désiré Marco. Je suis détective et chargé de découvrir le meurtrier de Vissia Berg. Le chat m'a montré le chemin.

Mme Carnavon était une blonde terne, un peu empâtée, maquillée parce qu'il le faut bien, et qui devait toujours avoir un tricot sur le feu. Elle rabattit à regret le couvercle du piano, me désigna une bergère de chintz. Mon allusion au chat l'avait certainement détendue :

– Asseyez-vous. Vous prendrez bien une tasse de thé ?

– Je vous remercie.

– Vous n'aimez pas le thé ?

Elle semblait avoir peine à le croire. Comme elle devait avoir peine à croire qu'un homme préférât les talons hauts aux souliers plats (si pratiques), la soie au lainage :

– Vous préférez le whisky ?

– Mon Dieu...

– L'écossais ?

– Ma foi...

Je voyais le moment où j'allais me faire vider comme un malpropre.

Je me trompais.

– Carlo aussi ! s'exclama-t-elle, ravie. Attendez !

Elle était déjà sortie, remuait une vaisselle d'ogre.

– Voilà ! annonça-t-elle triomphalement, rouvrant la porte du pied. Je me demande où Carlo cache les bouteilles pleines. Je n'en trouve jamais que des vides, ou presque...

Il me parut, en effet, hors de doute que celles-ci avaient atteint leur étiage.

– Ça ne vous ennuie pas que je boive du thé ? J'en prends toujours à cette heure-ci.

Elle parlait d'un ton d'excuse, mais sans réelle contrition :

– Peut-être auriez-vous désiré voir mon mari ?

Elle avait immergé une rondelle de citron, la pressait au fond de sa tasse du dos d'une cuillère, ses cils incolores laissant percer un regard d'un bleu froid :

– Je crains que vous ne soyez obligé de repasser. Il est un peu souffrant.

– Le cœur ?

– Plutôt une courbature générale.

Je n'irai pas jusqu'à dire que la nouvelle me ravit – je déteste les contretemps –, mais je n'oserais davantage prétendre que j'en fus affligé : je grinçais moi-même comme un char à bancs.

– Votre mari est un grand nerveux, je crois ?

Mme Carnavon en convint volontiers :

– Surtout un hypersensible.

– Un rien doit suffire à l'exalter ?

Elle en convint encore :

– Oui. Un rien suffit aussi à l'abattre. (Là, elle mésestimait son Carlo.) Songez que, comme tous les artistes, il vit dans un monde à part, fermé ! (Un monde peuplé de vaches vertes, alors qu'elle vivait, elle, dans un monde planté de tricots...) Ce dont il aurait besoin, c'est de prendre conscience de son génie. Quand on voit les horreurs que peignent les autres ! Mais non, il doute constamment de lui, détruit deux toiles sur trois...

Elle avait tout naturellement plongé la main dans

une corbeille à ouvrages, en avait extrait un truc informe qu'elle étirait en tout sens.

J'avais, moi, sifflé mon quart whisky :

– Vous savez pourquoi je suis venu?

Elle acquiesça d'un signe, sans en perdre une maille :

– Pour convaincre Carlo de meurtre.

Impossible de se montrer plus direct, mais dès l'instant qu'elle me donnait le la :

– A vous, dès lors, d'établir son innocence! Je suppose que vous ne vous êtes pas quittés le soir du crime?

– Justement si. Carlo est sorti.

– Sorti! répétai-je, incrédule.

(Il lui aurait été si facile de me promener en bateau.)

Elle inclina la tête, la garda baissée :

– Vissia lui avait donné rendez-vous. Ils se sont rencontrés au bord du ruisseau.

– Le ruisseau?

Tout compte fait, j'avais paré plus de coups la veille au soir!

– Le ru du Ruy, comme on l'appelle ici.

Une autre aurait eu l'air de jouer un rôle. Chez elle, cet émerveillement ingénu devant les petites choses semblait aussi naturel que le blond trop pâle de ses cils. Et je crois vraiment que je commençais à la comprendre, à me faire une sommaire idée de ses amours... D'une part : Carnavon, ce grand nerveux demandant à être remonté tous les jours comme un réveille-matin, ce génie assoiffé de certitudes, cet enfant barbu capable des pires sottises si on ne veillait maternellement sur lui. D'autre part (d'abord, qui sait?) : les chats mélomanes, les soucis prolifiques, les tuiles vertes, le thé au citron, tout ce par quoi la vie ressemble parfois à un conte de fées, une aventure inédite d'Alice.

– Comment savez-vous que, ce soir-là, votre mari et Vissia?... Il vous l'a dit?

– Pas sur le moment. Je l'ai suivi.

Je vous prie de croire que j'en chancelai une fois de plus :

– Vous n'avez tout de même pas assisté à?...

– Si...

Elle prit le temps de la réflexion (et de dévider un nouveau bout de pelote) :

– C'est moi qui ai tenu à venir habiter ici, seule avec Carlo. Carlo a besoin d'autres choses, d'une quantité d'autres choses que je juge superflues ou vaines. De tentations, par exemple, à seule fin de se prévaloir d'y résister.

– Il ne me paraît pas y résister toujours avec un égal bonheur.

Mon interlocutrice ne songea même pas à protester. Elle regardait maintenant droit devant elle :

– Quand je les ai rejoints, ils étaient couchés parmi les iris, côte à côte, et parlaient tout bas. Je me suis cachée de l'autre côté du ru, derrière un gros arbre dont j'ai oublié le nom et qui donne des fleurs mauves. Je n'avais eu que le temps de passer un manteau sur ma chemise de nuit. J'avais froid.

La sensation dont elle gardait le souvenir le plus durable, pas de doute!

– Eux aussi ont dû avoir froid, car ils sont allés finalement s'enfermer dans la cabane de rondins, derrière le collège.

– Et vous les avez laissés faire?

– Carlo m'avait juré que ce serait la dernière fois, qu'il allait la quitter...

– Parce qu'il vous avait tout de même mise au courant?

– Au début, quand il se croyait fort. Carlo m'aime trop pour rien me cacher.

Je la regardai, elle, puis une pile de magazines féminins sur l'appui de fenêtre. Le difficile était de savoir si elle achetait ces magazines parce qu'ils reflétaient ses sentiments, ou parce qu'elle s'était mise peu à peu à penser comme pensent (si j'ose dire) les magazines.

Je dis :

– Comment était Vissia? Jolie?

J'avais un peu oublié Vissia. Je ne l'aurais peut-être pas identifiée sur une photo-passeport.

– Jeune. Et...

– Et?

– Je crois qu'elle était très intuitive, très désireuse de se faire aimer... par tous les moyens.

– Vissia a été assassinée vers minuit. A quelle heure votre mari est-il rentré?

– Vers 11 heures et demie. Je l'ai vu quitter la cabane.

– Et vous?

– Dix minutes avant lui. Il me croyait endormie depuis 9 heures. J'ai tout juste pris le temps d'ôter mon manteau, de me coucher. J'étais glacée, mais il ne s'en est pas rendu compte. Il s'est couché immédiatement... loin de moi.

– Vous ne lui avez pas avoué que vous l'aviez suivi?

Mme Carnavon jeta un regard de regret à la théière vide :

– Non, pourquoi? « Tout est bien fini cette fois! » m'a-t-il dit au matin, et je savais qu'il était sincère, que Vissia ne comptait plus pour lui... Déjà, la veille au soir, quand il m'avait montré le portrait qu'il avait fait d'elle... Il n'était plus besoin qu'elle devînt sa maîtresse, il lui avait pris tout ce qu'elle avait à donner...

(Parlez-moi du cynisme des « durs »!)

Elle se leva :

– Voulez-vous la voir?

Je ne sais ce qui me retint. Une espèce de pudeur peut-être, plus probablement la crainte de découvrir Vissia sous l'aspect d'une demeurée ou d'une hémiplégique.

– Inutile.

Inutile aussi que je m'attarde plus longtemps quand il faisait dimanche dehors. Mme Carnavon avait abattu un atout maître, incarné le seul rôle qui paralysait toute réplique : celui, imprévu, de témoin à décharge.

Je me levai à mon tour, raide comme la justice. A seule fin d'oublier les dix-huit témoignages négatifs des dix-huit « témoins » du drame et cette description du corps que je me récitais comme les Dix Commandements :

Etendue pieds et poings liés dans son lit. (Dans son lit, pas au bord du ru, pas dans la cabane!) *Ses yeux fixes fixant le plafond. Etranglée à l'aide de ses propres tresses. Sur la table de nuit...*

La porte venait d'ailleurs de s'ouvrir, livrant passage à Carnavon, probablement guéri de ses courbatures.

Il commença par errer de droite et de gauche, prit un tricot dans la corbeille à ouvrages, l'y rejeta d'un air dégoûté, s'arrêta finalement pile comme un setter en arrêt :

– Que fait ici cet argousin?...

Je venais à peine d'enjamber le chat – et la sonnette continuait de tinter – quand j'entendis un fracas de verre brisé : une glace, selon toutes probabilités.

Dans le sentier, j'écrasai une boîte de carton vide.

Je ne sais ce qui me poussa à la ramasser. Mais je sais très bien ce qui me poussa à la mettre en pièces.

Cigarettes Sanitas, lisait-on sur le couvercle. *Eucalypto-Mentholées – Irritation de la gorge et des bronches – Pour une cigarette : Eucalyptus : 0,95 – Menthe : 0,05 – Nitrate de potasse : 0,05 – Menthol : 0,15.*

13

Ça devait maintenant faire quarante-cinq minutes que je croquais le marmot.

J'avais entendu un klaxon déjà familier lancer sur la route son triple et impatient dactyle. J'avais entendu une porte battre, des talons hauts écraser le gravier en courant, revenir sur leurs pas, repartir. Je m'étais levé, promené, rassis, rerelevé, rerepromené – et la suite –, me promettant à chaque nouveau prurit de vider les lieux à l'instant. J'avais taquiné le mannequin de couturière, j'avais tenté de forcer le coffre à ferrures. Je m'étais récité le récit de Théramène. J'avais fumé mon avant-dernière Lucky, puis ma dernière. Et j'étais en train d'emboucher pour la nième fois, comme une trompette débouchée, la bouteille de Red Label, emportée en prévision d'une attente sous-estimée, quand la porte de la cabane de rondins s'ouvrit en grinçant dans mon dos.

– Je... je n'au-n'aurais jamais dû venir ! fit une voix essoufflée.

Sur l'aveuglant fond de clair de lune, je crus voir entrer un fantôme filigrané d'argent, apparenté par les cheveux d'or dénoués à une Lorelei en rupture de burg.

– Je regrette de devoir vous rappeler que *c'est vous* qui m'avez demandé de vous fixer rendez-vous ! repartis-je dignement (un peu trop, comme chaque fois que j'ai abusé de la trompette).

– Comment vouliez-vous que je sache? reprit le fantôme, près des larmes. Je n'avais jamais traversé de pelouse la nuit... Jamais de pelouse comme ça, en tout cas! On se croirait à Longchamp... Je suis née en ban-banlieue où on les fran-franchit d'une enjambée... Vous, vous auriez dû savoir, me fixer rendez-vous ailleurs!..

– Où? Au réfectoire?

Nous étions mal partis, la dame blanche à cause de sa peur, moi parce qu'on pardonne plus aisément à une femme de ne pas se produire du tout que de se produire quand on ne l'espère plus.

– C'est un mot? questionna-t-elle acidement.

Je m'en défendis.

– Asseyez-vous là, conseillai-je, la poussant vers le rocking-chair disposé tout exprès par moi devant l'âtre froid. Et buvez une goutte d'orgeat... Ça vous remontera.

Dans le clair-obscur de la cabane, sa robe recouvrait peu à peu sa couleur bleu lavande (d'autant que j'avais disposé dans la cheminée ma torche électrique allumée pour que ça fasse plus riche).

(*Les Jeunes Filles Lavande... Crime sur Fond de Roses...* Un joli titre!)

– Prendre un tel risque! soupira-t-elle, jonglant témérairement avec l'orgeat.

– Quel risque?

– Celui de me faire étrangler, *moi aussi*!... Il faut être folle!

– Folle tout court ou folle de moi?

Elle me jeta un regard dont la radioactivité meurtrière aurait été perceptible dans le tunnel du Simplon.

– C'est encore un mot? questionna-t-elle, soupçonneuse.

– De deux mots, il faut savoir choisir le moindre! repartis-je avec une dignité croissante.

– Pouah!

Ça, c'était le pseudo-orgeat qui refusait de descendre :

– Qu'essayez-vous de me faire boire là?

Je lui dis quoi, ce qui n'arrangea rien.

– *Monsieur* Marco!

Ma Lorelei, indignée, chercha à se lever, mais elle ne l'eut pas plutôt essayé que le rocking-chair, construit exprès pour, la fit retomber en arrière dans un juvénile étalage de volants de broderie anglaise.

– Je vous croyais détective! Je croyais aussi que la première mission d'un détective consistait à défendre la veuve et l'orphelin!

Je m'arrêtai de fredonner : *Poussez, poussez l'escarpolette...*

– Admettons! De quel échelon social vous réclamez-vous?

Je n'eus que le temps de me jeter sur elle, ou la bouteille de Red Label m'enlevait l'épi droit :

– Tenez-vous tranquille, voulez-vous? Ou, alors, allez vous recoucher!... Je ne tiens pas à ce qu'on nous surprenne, qu'on s'imagine des choses...

– Quelles choses?

– Vous avez bien dû entendre parler de détournement de mineures?

Je ne me méfiais pas assez de ses réflexes. Elle me frappa au foie sans autre avertissement et, l'instant d'après, je me retrouvais dans le rocking d'en face, me balançant de même.

– *Poussez, poussez l'escarpolette...*, commença-t-elle à fredonner.

Puis, elle s'interrompit sauvagement :

– J'aurais bien dû me douter!... Après tout ce que je sais de vous, cette scandaleuse orgie de la nuit dernière! Songer à tous ces dangers que j'ai courus en venant et vous trouver là, béatement, une bouteille à la main...

Je n'allais pas lui faire remarquer que c'était elle qui la tenait.

– Tenez, je préfère m'en aller, braver les mêmes périls ! Laissez-moi passer !

Je n'allais pas lui faire remarquer non plus que personne ne s'y opposait.

– Parlons net, dis-je, et repassez-moi l'orgeat. Merci grandement. Si vous me disiez maintenant pourquoi vous êtes là ?

Elle m'adressa un sourire ingénu :

– Pour suivre des cours de vacances.

– Je veux dire : ici.

– Oh ! ici... Pour vous aider, naturellement ! Quand je me suis retrouvée couchée dans le lit de Vissia – et notez bien que je ne savais pas, sur le moment, quel lit c'était, ou j'en aurais exigé un autre –, j'ai éprouvé comme une sorte de choc, de contact extraterrestre, exactement comme si l'âme de Vissia venait de prendre possession de moi et demandait à être vengée... Vous voyez ce que je veux dire ?

– Je crois.

– J'ai pensé aussi... Ça ne vous fait pas plaisir que je sois près de vous ?

Je la regardai, sidéré par ce changement de ton. Oubliant ses angoisses, elle s'était levée, tournicotait autour de moi avec ces attentions que les chats réservent au laitier, s'efforçait vainement, en pinçant sa jupe à deux mains, de me faire voir ce qu'elle m'avait exhibé à son insu :

– Peut-être n'aimez-vous pas le genre petite fille modèle ? Ou estimez-vous que j'ai passé l'âge ? (Cela recommençait, Dieu sait pourquoi, à se gâter !) Une certaine Aimée – qui ferait drôlement bien de porter une gaine – m'a pourtant pas mal parlé de vous et de votre charme abrupt !

Je réussis à me dominer, non sans mal :

– Ecoutez ! Je...

Elle me coupa aussitôt, jetant autour d'elle des regards éperdus :

– Quoi? Qu'est-ce qu'il y a? Qu'est-ce qui se passe?...

Je m'armai de patience :

– Rasseyez-vous... Là!... Je ne vous invitais pas à enregistrer quelque bruit suspect, je réclamais toute votre attention...

Elle parut soulagée – et déçue :

– Ah, bon!...

Je m'efforçai d'enchaîner :

– Si vous craignez tellement de devenir la victime n° 2, je ne vois pas ce qui vous retient – hormis moi – à Mèrémont?

Elle m'adressa un sourire ingénu – copié sur le précédent :

– Les cours de vacances.

Je fis la sourde oreille :

– Dans le cas contraire, si vous vous croyez réellement appelée à venger la victime n° 1, je vous rappelle que le temps passe et que vous feriez peut-être bien d'accoucher...

– Vous avez de ces expressions!

Apparemment, je venais encore une fois de rater la cible. Peut-être n'aurais-je pas dû siffloter non plus : *Mes parents sont venus me chercher...*

Mais je montai au filet avant qu'elle eût drivé :

– Vos nouvelles copines... Elles ne vous ont pas demandé où vous alliez?

– *Monsieur* Marco! Une jeune fille a bien le droit... Il faut être homme pour...

– Ça va! Vous ne craignez pas non plus qu'elles s'inquiètent de votre absence? se mettent à sonner le tocsin?

– L'ont-elles sonné quand Vissia s'évadait du dortoir un soir sur deux?

– Parce que Vissia s'évadait du dortoir un soir sur deux?

– Il paraît.

– Ecoutez...

– Quoi encore?

– Vous n'entendez rien?

– Non. Quoi?

– Ch't!

Nous étions tous deux prêts à bondir, mais dans des directions opposées : moi vers la porte pour voir ce qu'il y avait derrière, ma Lorelei vers le coffre à ferrures (ignorant qu'il était fermé).

– Quelqu'un marche dehors..., souffla-t-elle, sa robe de nouveau aussi blanche qu'à son arrivée. S-s-sur la p-p-pointe des p-p-pieds! Ce... ce doit être l'assassin! Il m'au-m'aura suivie!

J'allai au plus pressé :

– Déballez. Tout le reste.

La peur aussi doit donner de l'esprit aux filles :

– Vissia allait remporter tous les prix. Emma n'aurait pas eu la bourse.

Je l'aurais parié :

– C'est tout?

– Non. Le matin du crime, on a vainement frappé à la porte de Mrs Baker-Queen.

– Mrs Baker-Queen?

– Le professeur de langues étrangères. Suzan a remarqué que la porte était fermée de l'intérieur et que la clef était sur la serrure.

– Qu'a dit Mrs Baker-Queen?

– Qu'elle avait pris un cachet pour dormir...

Après la pléthore des cardiaques, l'abus généralisé des somnifères!

Quelqu'un continuait d'aller et venir dehors. Mais sans se cacher. Tout au contraire. Et cette ostentation dans la clandestinité m'avait depuis longtemps rassuré.

– Terminé?

– Non. Les petites ont *vraiment* peur. Toutes. Et Suzan...

– Minute.

J'allai à la porte, l'ouvris toute grande. Il n'y avait personne.

Mais j'ai appris à me méfier des espaces vides :

– La suite à demain. Ici, même heure?

Ma Lorelei, quoique terrorisée, fit un bond de puce :

– Jamais! Si vous tenez vraiment à me revoir... (Elle était près de moi, haletante, et je n'eus qu'à arrondir le bras pour qu'elle s'y blottît : rien de tel que l'orgeat pour abolir les distances.) Attendez-moi sur le perron. J'entrebâillerai la porte d'entrée. Si vous êtes là, je viendrai. Si vous n'y êtes pas...

– J'y serai.

Une autre idée lui vint, prioritaire :

– Vous n'allez tout de même pas me laisser rentrer seule?... Avec cet assassin qui rôde...

Ses lèvres étaient toutes proches des miennes (et glacées, comme présumé).

– Les femmes et les enfants d'abord, dis-je. Passez devant.

Ça la priva du rare plaisir de découvrir, sur notre droite, le commissaire Broche camouflé en if.

Mais ça ne nous empêcha pas, l'if et moi, d'échanger un clin d'œil.

De branche en branche, si j'ose dire.

Broche n'était du reste pas seul à guetter.

Jeannot faisait de même, à l'étage au-dessus, dissimulé dans l'épais feuillage d'un végétal inconnu.

Mais lui, en fidèle Watson, c'était le commissaire qu'il surveillait.

14

Dans les romans, dits policiers, tous les suspects sont généralement présentés au lecteur dans les vingt ou trente premières pages comme autant de partants sur la ligne de départ. Cela facilite les paris. Dans la réalité, il en va tout autrement. Ils sortent de leurs trous un à un, à mesure qu'on réussit – ou qu'on a simplement l'idée – de les en débusquer. Autre chose : même dans un milieu fermé comme Mèrémont, *tous* les protagonistes ne sont pas forcément soupçonnables, loin de là! Les uns sont éliminés par d'indestructibles alibis, les autres par des impossibilités psychologiques ou matérielles valant tous les brevets d'innocence. Il arrive aussi que le coupable ne compte pas parmi les suspects, qu'il se fasse prendre accidentellement, victime de sa propre imagination ou, plus simplement, parce que c'était son jour de déveine...

Ainsi l'assassin de Vissia : personne n'aurait jamais réussi à le convaincre de meurtre – vu la perfection de son plan – s'il n'en avait eu subitement marre et n'avait cessé de jouer le jeu!

Le lendemain matin, vers les 8 heures, heure où Vissia avait été trouvée morte, je frappai – discrètement d'abord, puis plus fort – à la porte de Mrs Baker-Queen. Et, comme le jour du meurtre, en dépit de furtives allées et venues de l'autre côté, personne ne répondit.

Je me baissai, regardai par le trou de la serrure, toujours comme avaient fait les gosses – si j'en croyais « la nouvelle ». Peine perdue. La clef était dedans et un tissu, accroché à la poignée intérieure, achevait de décourager les curieux.

Je refrappai, attendis. Les allées et venues

avaient cessé, à l'intérieur, mais j'avais tout le lundi devant moi, l'assiégée manquerait de vivres avant que je manque de liquide.

Des gosses, en passant, me jetaient des regards curieux ou amusés. J'aurais juré qu'elles en savaient plus que moi, qu'il aurait suffi de leur griller un peu les pieds pour leur délier la langue.

« La nouvelle » aussi défila, un peignoir-éponge sur le bras, comme si nous ne nous étions jamais vus, et laissant après elle un sillage parfumé, capable d'affoler tout un régiment.

Ça faisait dix minutes que je poireautais, oscillant d'un pied sur l'autre, et je sentais monter en moi une de ces fureurs noires qui vous précipiteraient, tête en avant, dans un bouquet de cactus, quand la porte s'ouvrit enfin. A angle aigu. Le point d'intersection des droites freinant l'entrebâillement :

– *Whatd'youwant?*

Vous auriez dit une rafale de mitraillette.

– Mrs Baker-Queen? questionnai-je civilement en élargissant l'angle des épaules.

– *Yes. Whatd'youwant?*

J'achevai d'entrer, refermai moi-même la porte du talon comme un commis voyageur assurant ses arrières.

Mrs Baker-Queen – une verte quinquagénaire amincie par un pantalon d'homme bleu pétrole, grandie par des souliers de daim fauve à triple semelle, étoffée par une cape bleu Brunswick et couronnée par des cheveux acajou qu'on aurait dit postiches – me considérait avec un étonnement mêlé de réprobation :

– *What'sthematter? Who are you?*

J'ai beau me taper tous les films en version originale, je ne peux pas aller plus vite que le son. A moins de presser à mon tour sur la gâchette, je risquais aussi de tomber à tout moment sur une expression intraduisible.

– *My family name is Marco, my little name Désiré,* éjectai-je précipitamment dans ce langage universel que quelques privilégiés parlent déjà couramment depuis la dernière guerre. *I'm a private detective. I'm payed for looking for – and discover – the unknown Vissia Berg's murderer* (1)...

J'aurais brandi un automatique que la dame n'aurait pas été plus fascinée.

– *Sit down!* dit-elle vivement. Asseyez-vous... Causez-vous français?

Et comment que je le causais! Pour qui me prenait-elle? Un speaker de la Radio F?

– Peut-être aspirez-vous à une tasse de thé? Il est déjà fabriqué...

Cela tournait à l'antienne, comme les thromboses coronaires!

– Merci! dis-je non moins vivement. Jamais quand je suis lucide.

– Lucide? *I don't understand!*

Ça, je m'en fichais un peu!

– *Sit down,* dis-je à mon tour par politesse. *Take a chair. I would like to talk a little with you* (2)...

– *I beg your pardon?*

Malgré son flegme inné, mon interlocutrice commençait visiblement à avoir les grelots. Elle devait aussi commencer à piaffer, car elle avait déjà regardé deux fois son bracelet-montre.

Mais, de ça aussi, je m'en fichais royalement. Elle n'avait qu'à pas me laisser croquer le marmot sur le palier!

(1) – Mon nom de famille est Marco, mon prénom Désiré. Je suis détective privé. Je suis payé pour chercher et découvrir le meurtrier inconnu de Vissia Berg. (Style Boyer.)

(2) – Asseyez-vous. Prenez une chaise. J'aimerais parler un moment avec vous. (Style Jourdan.)

– Vous aimiez Vissia?

On se prépare pendant des heures à poser la question idoine. On force une porte pour ça. Et puis on en pose une autre.

– Certainement. C'était une très excellente élève.

– Et Emma?

– Une très excellente élève aussi.

– D'après vous, laquelle aurait gagné le coquetier?

– Le coquetier?

– Le premier prix, la couronne de lauriers, la montre en or!

Je n'espérais pas être aussi vite compris :

– Oh!... Vissia. Elle était plus – quel est le juste mot? – inspirée...

Tandis que le mobile d'Emma – la bourse ou la vie – n'en devenait que plus puissant!

– Vous vous rappelez le jour où Vissia a été trouvée morte?

Malgré nos exhortations réciproques, nous étions toujours debout, la dame et moi.

– *A Friday, isn't?*

– *A Friday,* dac! Quelqu'un – une gosse – n'a-t-elle pas frappé – et refrappé – à votre porte comme je viens de le faire?

– Je crois.

– Vous croyez? Vous n'en êtes pas sûre?

J'avais avancé d'un pas. Mon interlocutrice recula de deux :

– Non, je... Je l'ai appris ultérieurement. Je suis un peu – comment dites- vous? – forte d'oreille.

Dommage qu'elle n'eût pas songé à m'en convaincre plus tôt par une comédie appropriée!

– En ce cas, vous n'êtes pas sûre non plus d'avoir entendu crier au meurtre?

– Absolument pas. Les enfants crient constamment les matins. Je n'écoute jamais.

Je commençais à m'échauffer :

– Une sourde aurait entendu le ramdam qu'on faisait sur le palier ! Autre chose : vous avez quitté votre chambre – et commencé votre cours – avec un retard exceptionnel !

– Qui vous a dit cela ?

– Mon petit doigt.

Mrs Baker-Queen avait tellement reculé maintenant qu'il ne lui restait d'autre ressource, acculée à l'armoire à glace, que de passer de l'autre côté du miroir, comme Alice. Cela lui rendit quelque agressivité :

– Monsieur Désiré !... En Angleterre, on respecte le mur privé de la vie ! Si quelqu'un vient à frapper à votre porte et si vous ne répondez pas, celui – ou celle – qui frappa continue à cheminer. Il – ou elle – pense que vous avez une excellente raison personnelle pour garder le silence. En France, les choses se passent contrairement... Le Français, si vous me comprenez bien, est très gluant...

– Parce qu'il connaît la musique !

– *I beg your pardon ?*

Rien à dire, elle se défendait pas mal ! Mais elle comptait sans mes six semaines de Berlitz. Je fonçai :

– *Tell me the truth, will you ?... I know perfectly that you were in this room. Then ?... Why did you not answer anything ?... That is the question* (1) !

Elle me jeta un de ces regards que les toubibs jettent aux incurables :

– Je ne veux pas contester ma présence en ce lieu, monsieur Désiré. Mais j'ouvre ma porte

(1) – Dites-moi la vérité, voulez-vous ? Je sais parfaitement que vous étiez dans votre chambre. Alors ?... Pourquoi n'avez-vous rien répondu ?... Là est la question. (Style Chevalier.)

quand il me plaît, si vous m'entendez correctement ?

– Je vous entends parfaitement ! Vous aussi, d'ailleurs ! (Là, je m'avançais un peu.) Ce qui m'intéresse, c'est *pourquoi* cela ne vous a pas plu ?... (J'eus une inspiration :) Vous étiez dormante ?

– Non. Je dors peu et alternativement.

– Nue peut-être ?

– Je n'étais pas.

« J'aralais » de plus de plus :

– Alors, quoi ?... Vous lisiez Shakespeare ? Vous changiez de sourcils ! Vous cachiez un homme sous votre lit ?

Je sus à l'instant que je ne pouvais aller plus loin dans l'introspection. Mrs Baker-Queen, déployant sa cape bleu Brunswick, s'avançait vers moi comme un ange exterminateur :

– Monsieur Désiré !... (J'aurais dû lui dire que je m'appelais Pacha.) J'ai déjà rencontré des détectives, officiels et privés. Aucun ne pose jamais d'aussi révoltantes questions, même dans les plus sanglantes enquêtes ! Ou vous me croyez innocente, ou vous me croyez homicide ! Si vous me croyez homicide, passez-moi les petites mains ! Dans le négatif, veuillez évacuer !

Il était superflu qu'elle m'indique la sortie. Je la trouvai sans effort.

– Additionnellement, veuillez fermer la porte, acheva-t-elle. Je la rouvrirai selon mon impulsion.

On ne devrait pas accepter n'importe quelle affaire. On devrait d'abord s'informer du milieu dans lequel on va tomber. Vous vous imaginez, au départ, fort de certains précédents, pouvoir renverser les piliers du temple. Et puis vous les recevez tous sur le nez. *Just like that !*

La clef de l'énigme me fut fournie sur le palier, par une femme inconnue :

– Monsieur Marco? Je crois pouvoir vous faire gagner du temps tout en épargnant des soucis à cette pauvre Harriett. Vous la tortureriez qu'elle se refuserait à parler.

(Ça, je commençais à m'en douter!)

– La vérité – toute simple – est qu'elle ne retrouvait plus sa perruque. Et pour cause! Les petites la lui avaient subtilisée comme elles font un jour sur deux. Quand j'ai su qu'elle refusait de se montrer, j'ai, moi aussi, frappé à sa porte en lui disant mon nom. Elle m'a confessé son embarras – peut-être devrai-je dire : ses angoisses? – et j'ai retrouvé le... l'objet sur un manche de balai, comme de tradition.

La femme inconnue me souriait comme une sœur aînée, des lèvres et des yeux. Aussi sobre dans sa mise que directe dans ses propos. « Nous ne sommes pas moins sévères dans le choix de nos éducatrices », m'avait dit Mme Felz, et je compris, pour la première fois, qu'elle n'avait rien exagéré.

– Je suis Mlle Sergent, enseignement général, acheva martialement mon interlocutrice, continuant de sourire.

Elle avait choisi son nom qu'elle n'aurait pu en trouver de meilleur. Le type de femmes qui guident les aveugles entre les clous et semblent faites pour manier le piolet. Le type de femmes qui naissent grosses. Les enfants devaient l'adorer et elle devait le leur rendre avec usure. Avec une usure telle qu'il ne devait jamais y avoir eu de place pour un homme dans sa vie.

Qu'aurait-elle d'ailleurs fait d'un homme, sinon lui voler sa semence?

15

Mme R.-L. Perse – la créole entrevue à l'enterrement – me fit une tout autre impression.

Cherchant vainement à tempérer ses charmes dans un strict tailleur bleu nuit dont la jaquette coiffait le dossier de sa chaise et un chemisier ivoire brodé d'un A sous le sein gauche (initiale plutôt inattendue si l'on considérait qu'elle devait se prénommer Reine-Louise ou Renée-Laure, voire Raha-Loukoum), elle n'aurait pas jeté plus de jus dans le costume traditionnel – madras et jupon blanc – des indigènes de Belle-Fontaine ou de la Trinité.

– Monsieur Déziré Marco? questionna-t-elle avec un doux zézaiement, comme je la rejoignais sur l'estrade. Venez-vous interroger ces demoiselles ou confronter leurs mérites?

Les dix-huit gosses, fusains suspendus, nous épiaient de tous leurs yeux, sous prétexte de reconsidérer leurs perspectives.

Je ne leur accordais pas plus d'intérêt qu'à de petits bancs :

– Je suis venu leur donner un sujet de composition. Je suppose qu'elles travaillent d'après nature?

Mme R.-L. Perse porta précipitamment une main de cire à son lourd chignon bleu, tenu par un unique peigne d'écaille blonde :

– Certainement! Voici d'ailleurs l'obzet qu'elles ont à reproduire auzourd'hui. Ces trois rozes...

Trois roses crème dans une flûte de cristal. Trois « Vissia », comme par hasard.

– Ces demoiselles ne dispozent plus que de quelques minutes avant la sonnerie de la cloche, mais si vous estimez réellement devoir...

– J'estime réellement ! dis-je refourrant dans ma poche le bout de papier que j'allais en sortir.

Pour obtenir l'effet de surprise cherché, mieux valait recourir à la craie et au tableau noir.

Je devais avoir bonne mine quand j'eus fini et soufflai sur mes doigts comme s'il faisait zéro degré. J'aurais pourtant dû être content de moi : la tête de femme et la tête de mort ressemblaient trait pour trait à celles que j'avais calottées au Dr Cadet.

– Mais c'est un rébuz ! s'exclama joyeusement Mme R.-L. Perse. Silence ou...

Je ne sais ce qui l'incita elle-même à se taire. Probablement la consternation des dix-huit gosses qui passaient par toutes les couleurs du prisme.

Car nous avions beau nous trouver dans une classe de dessin pas comme les autres, parfumée à l'ylang-ylang et aussi gaie qu'une guinguette au bord de l'eau, aussi lumineuse que le pont fraîchement briqué d'un yacht voguant vers le Sud, le tableau noir, maintenant qu'il n'était plus tout noir, semblait y projeter une grande ombre en forme de chauve-souris.

Mme R.-L. Perse – peut-être pour surmonter sa propre anxiété – frappait déjà des mains d'un air impatient :

– Vous avez entendu ce que vient de dire M. Marco ?... Que chacune de vous prenne une nouvelle feuille de papier. Je vous accorde dix minutes.

Les gosses avaient rebaissé la tête, faisaient claquer leurs pupitres comme on fait sonner ses talons dans la campagne endormie.

Je passai entre les bancs avec la dignité d'un inspecteur de l'enseignement. Certains visages ne m'étaient déjà plus inconnus, certains prénoms s'imposaient à moi Dieu sait comment : Suzan, Martine, Aimée...

Aimée ! C'est en vain que je cherchai son regard, en vain que je tournai trois fois autour d'elle. Feignant l'application au point d'exhiber un râpeux petit bout de langue, elle n'arrêtait pas de tirer sur ses jupes, regrettant probablement pour la première fois qu'elles fussent si courtes.

Je revins à l'estrade. Mme R.-L. Perse, tout en tripotant son chignon des deux mains, ne m'avait pas quitté des yeux, comme si elle avait craint – ou peut-être espéré – que je ne disparaisse dans une chausse-trape.

Je l'attirai à l'écart :

– Qui est votre meilleure élève ?

– Emma.

– Du temps de Vissia aussi ?

– Non, c'était Vissia.

Les gosses, pendant ce temps, témoignaient d'un zèle exceptionnel, gommant, grattant, s'épatant le nez sur le papier, se collant leurs fusains dans l'œil pour mesurer les distances. Il n'y avait que la nouvelle à ne pas se donner l'air d'accoucher d'un Rembrandt. Et pour cause ! Elle dessinait sereinement un petit chat.

Les dix minutes étaient presque envolées quand il me vint une idée. Je replongeai la main dans ma poche, tendis le rébus original à Mme R.-L. Perse :

– Chacune de vos élèves doit avoir un coup de crayon différent. Laquelle d'entre elles soupçonneriez-vous d'avoir dessiné cela ?

Mme R.-L. Perse ne se pressa pas de répondre :

– Peut-être Suzan, ou Resi... Peut-être aussi Olga... Est-ce très important ?

Je ne voyais pas pourquoi je ne lui aurais pas expliqué comment le bout de papier était venu en ma possession.

– Ze comprends ! dit-elle pensivement quand

j'eus fini. Ze comprends et ze regrette vraiment... Ze ne puis rien affirmer.

Disait-elle vrai ? Cherchait-elle à protéger quelqu'un ?...

Ce dont je fus sûr, par exemple, en récupérant mon cryptogramme, et bien qu'elle l'eût à peine touché, c'est que je risquais de parfumer tout le XVIe arrondissement à l'ylang-ylang quand je rentrerais à Paris.

Je pressentais que les gosses avaient flairé le piège et que l'auteur du rébus ferait l'impossible pour ne pas se trahir.

Quand la cloche se mit à sonner et que je recueillis leurs copies, je n'en éprouvai pas moins un choc.

Il ne s'en trouvait apparemment pas une sur dix-huit qui sût dessiner proprement une tête de femme et une tête de mort.

16

Dix minutes après, j'entrais chez le Dr Cadet dont le cabinet – et les pénates – étaient installés dans une dépendance du collège.

– M. le Docteur vous attend ?

– Depuis bientôt deux jours.

Une servante sourde et bancroche, un portemanteau en bambou dans le couloir d'entrée, une antichambre tapissée d'hibiscus, des magazines datant de l'an dernier, des croûtes sur tous les murs, je dus reconnaître que rien n'avait été négligé pour déprimer le patient.

– Si Monsieur veut patienter un moment...

Je patientai. Je savais même tout ce qui vaut

d'être su sur les mœurs des baleines et le polymorphisme quand une porte matelassée s'ouvrit entre deux sous-bois.

– *Hello,* doc ! dis-je cordialement.

Le Dr Cadet dut se réjouir de n'être plus en robe de chambre. Il tira sur son nœud de cravate comme sur une ficelle :

– C'est pour une consultation ?

– Un coup de sonde.

Il s'effaça à regret, me désigna un siège dans lequel j'égarai la moitié de mon mètre quatre-vingts. Par bonheur, son cabinet ne ressemblait en rien à l'antichambre. La lumière y pénétrait aussi librement que dans la classe de dessin et les instruments sous verre brillaient comme des pièces d'argenterie passées au blanc d'Espagne.

– Une cigarette ? proposai-je.

– Merci. Je ne fume pas.

Je dégonflai une seconde poche, celle où je véhicule les liquides :

– Un drink peut-être ?

– Merci. Je ne bois pas.

Je m'étais interdit par avance tout badinage, mais j'aurai toujours la même grande gueule :

– Je ne suppose pas non plus que vous soyez marié ?

– Je ne le suis pas. Vous me permettrez toutefois de douter qu'une telle question doive contribuer – fût-ce par un biais – au succès final de votre enquête ?

– Je vais vous en poser une autre... Qu'est-ce que c'est que ça, d'après vous ?

Cadet considéra d'un air méfiant le bout de papier plié en deux qui venait de se poser sur son sous-main comme un papillon.

– Ouvrez, insistai-je. Ça ne mord pas.

– On dirait une charade, un rébus ? soupira-t-il après un temps.

– Tout juste. *Silence ou la mort...* Et savez-vous où je l'ai trouvé ?

– Non. Comment voudriez-vous ?...

– Dans votre poche. Avant-hier soir. Tandis que vous vous prépariez à piquer Mlle Tournesac.

– Ainsi, c'est vous qui ?...

Une exclamation qu'il dut avoir envie de rattraper sitôt lâchée :

– Je... j'allais marcher dessus. J'ai dû le ramasser machinalement.

– Ben, voyons ! Je connais bien des gars qui collectionnent les vieux tickets de métro.

Il avait attiré à lui un bloc et un stylo (à bille), griffonnait nerveusement. Je me promis d'emporter la page pour voir ce qu'un pharmacien me collerait en échange.

– Assez de boniments, doc ! dis-je gentiment, exhalant un rond de fumée qui aurait donné envie à un chien savant de sauter dedans. Si votre boulot consiste à liquider les hésitants, le mien consiste à ressusciter les morts. Aussi, un conseil : accouchez avant que j'emploie les fers... et renoncez à sonner Philomène. Je l'ai envoyée m'acheter des cigarettes.

Vous auriez dit un type à qui on vient de glisser un eskimo dans le dos. Il repoussa lentement son bloc et son stylo et je sus que j'avais gagné.

– La plupart de ces jeunes filles sont encore des enfants, dit-il, pesant ses mots. Elles n'aiment rien tant que s'amuser aux dépens de leurs professeurs, spécialement quand ceux-ci sont de nature inquiète ou impressionnable...

– Comme Mlle Tournesac ?

Il inclina la tête :

– Une crise cardiaque – à plus forte raison : plusieurs – ne se déclare généralement pas sans raison fortuite, cette raison fût-elle bénigne et incapable d'affecter l'équilibre d'une personne bien portante. Il suffit parfois d'une simple contrariété, d'une fatigue, d'une peur. Mlle Tournesac se refusait, au début, à toute confidence. J'ai néanmoins réussi à lui arracher la vérité peu à peu, à la faveur de ses récentes dépressions, et c'est ainsi que j'ai appris...

Il paraissait hésiter à poursuivre. J'y allai d'un coup d'éperon :

– Appris quoi?

Il soupira :

– ... que sa maladie était entretenue – sinon provoquée – par de constantes brimades et mystifications dont leurs auteurs ne mesuraient évidemment pas la portée.

– Quel genre de mystifications?

– Mon Dieu, plutôt innocentes...

– Un seau qui bascule, un pétard qui éclate?

– Par exemple. Et le fréquent envoi de messages soi-disant chiffrés, du type de celui-ci. Tenez, regardez...

Mon interlocuteur avait ouvert un tiroir, me tendait deux dessins maladroits paraissant représenter le premier un fantôme mâtiné d'épouvantail, l'autre un ballet de chauves-souris ou de nocturnes plus ou moins apparentés. Tous deux étaient signés : *Spectra.*

– Avant-hier soir, quand on est venu me chercher, j'ai immédiatement supposé que cette pauvre Félicie venait d'être victime d'une nouvelle plaisanterie, inoffensive pour tout autre que pour elle. J'ignorais encore – si vous voulez bien vous en souvenir – l'émotion qu'elle venait d'éprouver dans le dortoir... J'ai aperçu ce bout de papier glissé sous la cloison de sa chambre et l'ai ramassé à tout hasard, comme j'avais déjà subtilisé les deux autres pour qu'elle ne les vît pas...

Il tendait la main et je les lui rendis, dégoûté. Je lui fis même cadeau des trois. Songer que de telles fariboles pouvaient, à tout moment, envoyer quelqu'un au cimetière! La mort se découvre parfois d'étranges alliés...

– J'imagine que vous avez prévenu Mme Felz?

– A mots couverts seulement. Félicie, craignant une répression trop sévère, m'a fait jurer le secret et je ne vous aurais même rien dit si je n'avais craint de vous voir attribuer à ces incidents une importance exagérée vous détournant de l'objet principal de vos recherches.

– Vous n'avez pas entrepris les gosses non plus?

– Si, deux ou trois. Elles ont nié.

– Pas possible?

Je devais avoir la bouille déconfite d'un pêcheur qui, préparé à prendre un brochet comme ça, ramène une ablette comme ça.

Telle est probablement la raison qui me poussa à relancer ma ligne dans une autre direction :

– Quelle espèce de fille était Vissia, à propos? Je suppose que vous deviez bien la connaître?

Mon interlocuteur parut pris de court. Il croyait bien en avoir fini pour ce jour-là.

– Déroutante, instable, répondit-il après avoir mûrement réfléchi. Exceptionnellement séduisante.

Il avait beau ne pas fumer, il ne paraissait pas trop mal s'y connaître en marques de cigarettes.

– Que faisiez-vous quand elle a été tuée?

– Je ne sais pas. Je devais être seul ici, en train de travailler. Je ne me doutais évidemment pas...

– ... qu'elle était couchée près du ruisseau, dans les bras d'un galant?

Il avait recommencé de tripoter son bloc et son stylo :

– Si, ça, je le savais! Elle ne me cachait pas grand-chose. Je la connaissais probablement même mieux qu'elle ne se connaissait elle-même.

Le bon gros!

– Je présume qu'elle désirait se faire aimer... par tous les moyens? suggérai-je, plagiant outrageusement Mme Carnavon.

Il me jeta un regard oblique, comme surpris de ma soudaine pénétration :

– Oui et non. Elle se plaisait aussi à éveiller l'aversion... Vous connaissez la fable de l'apprenti sorcier?

– M'm.

– Telle était Vissia, acheva-t-il avec une chaleur subite. Impatiente d'exercer ses armes. Incapable de mentir et de se modérer. Sans calcul et sans pitié. D'une perverse ingénuité.

– Au total : déjà femme?

– Si vous voulez! Un docteur a ceci de commun avec le prêtre qu'il en apprend parfois plus qu'il ne souhaite en apprendre... pour son propre équilibre. Je ne soignais pas seulement Vissia, d'ailleurs, je soigne aussi ces jeunes filles qui se disaient ses amies... Cela m'a permis de porter sur elle un jugement objectif.

Je gardai le silence pieux d'un fidèle à la grand-messe.

– Il n'aurait servi de rien de la raisonner, de chercher à l'amender. Elle était rebelle à toute influence, d'où qu'elle vînt. Elle avait en elle quelque chose de... maléfique et le savait, quelque chose contre quoi elle luttait par pur instinct de conservation, mais qu'elle n'était pas de force à repousser toute seule...

– Qu'est-ce qu'elle leur faisait, à ses petites amies?... Elle leur collait du poil à gratter dans le pantalon?

Le Dr Cadet me jeta un regard horrifié :

– Ses tours étaient bien plus subtils! Elle s'attaquait intuitivement à leur point faible, quel qu'il fût... Tantôt à leur orgueil, tantôt à leur sensibilité... Une jeune fille est un jour entrée ici, livide. Vissia l'avait appelée, lui avait montré...

Je crus qu'il allait à nouveau la boucler. Non, ça le démangeait trop pour qu'il pût résister au désir de se gratter :

– ... deux cousins sur une vitre, soudés l'un à l'autre par un besoin périodique. Quand j'ai soigné cette jeune fille, son dégoût était de nature à fausser gravement et pour longtemps ses réactions physiologiques. Vissia l'avait d'ailleurs attirée auparavant devant une limace fondant sous une poignée de sel... Une autre fois, je sus qu'elle prenait plaisir, en l'absence d'une autre de ses... amies, à orienter régulièrement vers le nord une de ces plantes qui tendent irrésistiblement vers le soleil. Simple gaminerie sans doute, mais... Il y a aussi l'histoire du crapaud...

Je ne dis rien. J'étais assis – au figuré. Penser que ce gars-là, du temps qu'il était carabin, avait dû trouver des oreilles coupées plein ses poches et qu'il partageait aujourd'hui des répulsions de gamines! Voilà ce qui vous arrive quand on s'enterre à la campagne!

L'histoire du crapaud touchait à sa fin. Pas jolie non plus. Ça me rappela cette douleur à l'aine dont je souffrais depuis quarante-huit heures :

– A propos, doc, vous ne voudriez pas pousser là et me dire ce que j'ai?

Mon diagnostic à moi était fait depuis longtemps : ce qui avait dû manquer à ce type-là, c'est des cousines sur des balançoires, montrant tout juste assez de jarretières pour qu'on eût envie de rebrousser leurs ourlets.

Il n'avait jamais dû avoir affaire qu'à des femmes nues.

17

Le commissaire Broche était si occupé à chambarder le contenu d'une armoire trop grande pour lui qu'il n'entendit pas s'ouvrir la porte du bureau.

– Puis-je vous aider? questionna âprement Mme Felz.

Le petit homme sortit du meuble à reculons :

– Inutile. J'ai trouvé ce que je cherchais... à moins que vous n'ayez d'autres bonnes cachettes. Détournement d'indices pouvant contribuer à l'arrestation du coupable, ajouta-t-il cordialement, exhibant les lettres et le livre dont il venait de s'emparer. Savez-vous qu'une telle attitude peut être légalement assimilée à une coperpétration d'assassinat?

Mme Felz continua d'avancer en boitillant jusqu'à son grand fauteuil où elle se laissa tomber avec un soupir d'aise :

– Je n'ai rien détourné du tout! J'ai trouvé ces babioles dans les affaires de Vissia. Je me proposais de les remettre à sa mère à titre de souvenir.

– Mais vous n'en avez rien fait?

– Evidemment non, ou vous ne seriez pas tombé dessus!

– Ce n'est pas à Mme Berg qu'il fallait songer à les confier, mais au Parquet ou à moi.

– Fort bien. Vous les avez maintenant. De quoi vous plaignez-vous?

Le commissaire avait machinalement entrepris de remettre de l'ordre dans l'armoire béante :

– Ces lettres signées Xavier... Vous ne les avez pas jugées un peu brûlantes?

– Prenez-vous-en aux bons auteurs! Le prénommé Xavier s'est contenté de les copier servilement.

– Tout de même ! Vous avez lu ça ? *Ah ! ranimez ma vie au jus des grappes ! Lavez de vin mon corps évanescent !...*

– Omar Khayyam, signala Mme Felz. *Les Rubaiyat...*

– Et ceci ?... *Je baiserai d'un bout à l'autre les longues ailes noires de ta nuque, ô doux oiseau, colombe prise, dont le cœur bondit sous ma main ! Je promènerai ma langue légère sur tes bras, autour de ton cou, et je ferai tourner sur tes côtes chatouilleuses la caresse étirante des ongles. Je prendrai ta bouche dans ma bouche comme...*

– Pierre Louys : *Les Chansons de Bilitis.* Inutile de poursuivre.

Le commissaire, distrait, venait d'entrer imprudemment en contact avec un tube de seccotine.

– Tout de même ! répéta-t-il. Je croyais que la correspondance destinée aux élèves devait être adressée à Mme la Directrice ?

Mme Felz laissa percer quelque humeur :

– Laissez cette colle, je vous prie ! Je pourrais vous répondre que je ne suis pas directrice et m'en tenir là. Je préfère vous rappeler que les prisonniers eux-mêmes reçoivent parfois des messages en fraude.

– Ce Xavier, vous savez qui c'est ?

– Je le devine. Un petit cousin.

– Un petit cousin de qui ? De Vissia ?

– D'une de ses amies. Elle ne s'intéressait qu'aux cousins de ses amies.

– Par perversité ?

– Amoralité.

– Et, sachant cela, vous n'estimiez pas devoir intervenir ?

– Au contraire. J'ai tout essayé, sauf du chat à

neuf queues... J'ajoute que je renoncerais à soupçonner ce Xavier, si j'étais vous : il habite Saint-Omer.

– Saint-Omer n'est pas à la porte, d'accord! admit le commissaire, ramenant à lui, outre le tube de seccotine, la boîte d'agrafes métalliques sur laquelle il l'avait posé. D'un autre côté... Il existe aujourd'hui des moyens de transport ultra-rapides et un gaillard capable d'imaginer – ou, simplement recopier – des trucs pareils doit être assurément capable...

– De quoi? De traverser la France aller-retour en moins de vingt-quatre heures? Sa dernière lettre date du jour même du crime.

– Vous n'avez donc pas pu la découvrir dans les affaires de la petite?

– Non, celle-là, je la tiens du facteur.

– Et vous l'avez ouverte?

– Comme vous voyez. Ç'aurait pu être important.

Le commissaire aurait serré les poings s'il n'avait craint de ne plus pouvoir les rouvrir :

– Admettons! J'emporte ces lettres pour les relire à tête reposée et me faire une opinion personnelle.

– Sur qui? Sur Pierre Louys?

Le petit homme garda un sang-froid méritoire :

– Reste ce livre : *Christine et Lui,* par Pierre Mille, où la victime a apposé son nom. Je présume qu'il s'agit d'un roman?

– Passionnel, précisa Mme Felz avec mépris.

– Peu recommandé, par conséquent, pour une jeune fille de l'âge de Vissia?

– Absolument contre-indiqué. Telle est probablement la première raison pour laquelle elle s'y est intéressée.

– Tout en se le procurant en fraude?

– Selon toutes probabilités.

Le commissaire avait enfin réussi à se défaire du tube de seccotine en le projetant sournoisement dans la corbeille à papiers.

– Plus de couverture, de nombreuses taches suspectes, constata-t-il, feuilletant le volume d'un air dégoûté. Vous avez remarqué? Il y manque même deux pages : les pages 101 et 103...

– Quoi? dit Mme Felz.

Elle était déjà debout, appuyée des deux mains à sa canne d'ébène, et le petit commissaire la vit approcher comme un moucheron une mante religieuse. Quand elle fut près de lui, elle lui arracha littéralement le livre des mains :

– Ma foi c'est vrai! Je me demande qui a pu...

– Vissia sans doute. Ou, alors, vous?

– Moi? Je ne l'ai même pas ouvert!

– Je croyais que vous veniez de m'affirmer que ce n'était pas un livre pour jeunes filles?

– Parce que je l'ai lu dans le temps. Au pensionnat.

Le commissaire dut de nouveau faire appel à tout son sang-froid :

– Peut-être pourriez-vous rétablir alors le texte des pages manquantes?

– Il faudrait d'abord que je me souvienne de l'histoire!

– Du moment que vous l'avez oubliée, sur quoi vous fondez-vous pour la condamner?

– Sur une impression plus durable qu'un souvenir.

Le petit commissaire demeura un long moment silencieux.

– Je vais avoir bien du mal à me procurer un exemplaire intact! soupira-t-il enfin. Ce roman, vu la date de publication, doit être épuisé en librairie, on ne songe probablement pas à le rééditer... Je me suis laissé dire que les rééditions, de nos jours!... Et la P.J. a beau donner sur les quais...

Notez que nous arriverons à nos fins, forcément! Si pas demain, après-demain... Ou, alors, dans une semaine... Je vais appeler Paris en sortant d'ici... L'ennui, c'est qu'il peut se passer pas mal de choses en une semaine... Des choses infiniment regrettables...

Mme Felz allait répondre, quand le téléphone se mit à sonner. Pas le téléphone installé sur le bureau. Le téléphone intérieur.

– On m'appelle! dit-elle vivement, après avoir pris la communication. A la lingerie. Si vous voulez bien m'excuser...

Elle allait sortir quand elle se ravisa :

– Mes clefs. Prenez. Ma seconde armoire est d'époque.

– Nom de D...! dit Broche, une fois seul.

Il resta un long temps immobile, promenant autour de lui un regard incertain. Vous auriez dit un Kâfir dans une mosquée. Puis quelque chose le frappa dans la disposition d'un fauteuil à haut dossier, tourné obliquement vers un coin ombreux. C'est alors qu'il m'y découvrit.

– Que faites-vous là? interrogea-t-il sévèrement.

– Je me planque, dis-je.

Je crus qu'il allait se mettre en pétard. J'avais oublié qu'il était beau joueur :

– Vous avez tout entendu?

– Forcément.

– Depuis le début?

– Bien avant.

– Ce qui signifie?

– Que je suis arrivé le premier des trois.

Il sursauta, se domina :

– Que pensez-vous de la vieille dame?

– Je l'adore. Je compte l'emmener à l'Opéra dès que j'aurai de quoi payer nos places.

– Vous ne la croyez pas capable de fausser le parcours ?

– Au contraire. Elle nous guiderait vers un champ de mines pour sauver la réputation de Mèrémont...

– ... ou sa propre peau ! marmonna Broche, sceptique. Mon triomphe, ce sera ma retraite. Je consens néanmoins à démissionner si elle n'est pas capable de réciter ce bouquin par cœur.

J'avais allumé une Lucky :

– Pourquoi pas le Bottin ?... En revanche, je veux bien parier votre retraite, moi aussi, qu'elle se souvient du contenu des deux pages disparues.

Le commissaire regarda le téléphone intérieur d'un air vindicatif :

– Je vais les lui faire rendre ! Ça, je vous le promets !

– Quoi ?

– Ces deux pages.

– J'en doute, dis-je. Les voilà.

Il les happa comme un aspirateur à plein régime, rétablit aussitôt les distances :

– Ainsi, vous aussi, vous vous mettez à fausser la balance de la Justice ?

– Du tout, protestai-je dignement. Je ne me suis emparé de ces deux pages que dans l'intention de les remettre à Qui-de-Droit.

– Après les avoir lues ?

– Parcourues... Je venais tout juste de mettre la main sur le bouquin quand je vous ai entendu chipoter la poignée de la porte. Ç'aurait pu être le coupable venant recouvrer une pièce à conviction... Les pages étaient annotées, je répugne à alourdir mes poches... Qu'auriez-vous fait à ma place ?

Je devais toujours l'ignorer. Il lisait déjà, des yeux et des lèvres. Ce que j'avais lu moi-même, à l'abri de mon fauteuil, tandis qu'il affrontait la vieille dame :

La chanoinesse était un peu agacée, davantage encore, je crois, par ces vantardises masculines que par le ton de la conversation :

– On nous la baille belle! Voulez-vous que je vous dise?... Quand un benêt d'homme se figure avoir été irrésistible, quatre-vingt-dix fois sur cent il y avait cinq minutes ou bien six mois que sa prétendue conquête songeait : « Tiens, tiens, avec celui-là, pourquoi pas?... » Et c'est elle qui a fait les avances!

– Il y a pourtant, observa la bonne Mme de Sourdonnet, il y a pourtant, à ce qu'il paraît, des monstres qui, sans qu'on y consente...

– C'est impossible! affirma M. de Pigenat. Vous n'avez donc pas lu Balzac. Dans les Contes Drôlatiques...

Le pauvre homme n'avait pas grande imagination. La liste de ses souvenirs était mince et ceux-ci, on vient de le voir, de médiocre valeur. Voulant continuer à faire sa partie, il cherchait à puiser dans la littérature.

– Impossible? interrompit M. de Crucé. Rien de plus facile... Je vous en ferai la démonstration quand vous voudrez!

– Vous vous moquez!

– Pas le moins du monde. Et puisque vous m'en défiez, ici même... Madame de Pigenat, s'il vous plaît?

En quelques secondes, M. de Crucé avait assis Mme de Pigenat sur une chaise, lui liait les mains avec deux mouchoirs. On se pressait alentour, bien intéressé. M. de Pigenat, encore qu'il affectât une indifférence entière et supérieure, semblait un peu angoissé, d'autant plus que Mme de Pigenat gardait le plus agréable des sourires.

M. de Crucé se retourna :

– Maintenant, dit-il, que tout le monde sorte!

Il s'en tint là, bien entendu, et tout le monde s'en tint là. Mais avec quels éclats de gaîté, quels redoublements de désirs qui se croisaient!

Vissia – dont je connaissais à présent l'écriture – avait écrit en marge : *Im-pos-sible,* encadrant tout le passage au crayon rouge, et une autre main – une autre main d'adolescente – avait rageusement oblitéré ce premier commentaire en bleu : *Facile!*

– Vous y comprenez quelque chose? me demanda soupçonneusement le commissaire quand il eut fini de lire.

Les yeux lui sortaient de la tête, refoulant ses verres jusqu'à la pointe du nez.

– Rien, avouai-je. Je me demande seulement – et, ça, je me le demande depuis deux jours – si Vissia a bien été étranglée *dans le dortoir,* si elle n'a pas été couchée dans son lit *une fois morte...* Accessoirement, je sais enfin à quoi rêvent les jeunes filles.

Mais j'avais sous-estimé mon Broche – et les propriétés attractives de la seccotine.

– Pour qui prenez-vous l'assassin? rétorqua-t-il, en me tendant traîtreusement sa dextre. Pour Nosferatu le Vampire?

Il courait déjà vers la porte, m'entraînant dans son sillage, quand je lui demandai ce qu'il comptait faire d'une troisième main.

18

Avant même de me répandre comme un clochard sur le seuil (un détective a de ces privilèges), je savais qu'elle ne viendrait pas. Pressentiment qui devint certitude quand un bout de billet, glissé sous la porte d'entrée, vint tomber à mes pieds :

Impossible ce soir. J'ai fait...

Suivaient deux mots illisibles et un *M* aux jambages hardis.

Je n'avais pas le moindre désir de me coucher. Il n'était pas assez tôt pour ça et il me restait à procéder à un test du genre de celui auquel je m'étais livré avec succès l'avant-veille, à cette différence près que je comptais, cette fois, essayer de m'introduire dans le dortoir par la porte.

Je patientai encore un moment, le temps de voir s'éteindre deux ou trois lumières dans la façade, y compris celle qui brûlait dans le bureau de la petite Mme Legrand. Je me mis ensuite en quête d'une espagnolette mal fermée.

Je la trouvai du premier coup, m'entortillai dans des rideaux de damas, bousillai je ne sais quoi, mis le pied dans une corbeille à papiers et poursuivis mon petit bonhomme de chemin sans autre encombre. Je ne pouvais me douter que j'emportais sous ma semelle droite assez de seccotine pour soulever – littéralement – tapis et parquets...

Une lampe clignotait dans le vestibule, donnant à la marmoréenne nudité d'Adèle la vivante carnation d'une Galatée 1900. J'aurais juré que la dame me suivait du regard tandis que je montais le maître-escalier.

Aucun bruit, si l'on excepte quelques notes grêles tombant en pluie de l'étage. On aurait dit la radio, mais je fus bientôt détrompé : le temps d'atteindre le palier. Une femme chantait en sourdine tout en s'accompagnant à la guitare.

J'ai toujours eu du mal à m'orienter, à moins de suivre une ligne droite, comme c'était le cas. Encore les lignes droites et moi ne sommes-nous pas toujours d'accord... Nous le fûmes ce soir-là, par extraordinaire, mais je ne m'en arrêtai pas moins pile au premier virage. Une porte bâillait sur ma gauche, sertie d'un filet de lumière, c'était de l'autre côté que la femme chantait :

Ah! n'aimez pas, n'aimez pas su' cette terre...

Je m'approchai en catimini, jetai un coup d'œil à l'intérieur.

Je dois dire que je reçus un choc. J'en reçus même plusieurs. Mais, quand on prend un coup sur le nez, on sent rarement celui qui vous vrille simultanément le foie (ou vice versa). On déguste en bloc.

Ce que je fis.

Il y avait d'abord ce parfum à vous coller le vertige, l'insolite chaleur du feu de bois qui brûlait en crépitant dans la cheminée... Non, d'abord ce chant lancinant (*Ah! n'aimez pas...*), cet éclairage tamisé pour garçonnière...

Non, il y avait d'abord les deux femmes : Mme R.-L. Perse, telle que je l'avais imaginée lors de notre première rencontre, en madras et jupon blanc brodé des indigènes de Belle-Fontaine ou de la Trinité, renversée dans un fauteuil, une guitare sur les genoux, et puis « la nouvelle », plus Sophie que jamais dans sa robe bleu lavande à gros plis, assise en couvre-théière devant la cheminée et faisant chauffer au-dessus des flammes un bout de chocolat piqué sur une baguette.

Charmant tableau intimiste qui aurait inspiré le pinceau d'un maître, mais qui me fit un tout autre effet. Je n'aurais pas été cloué sur place par la surprise (et par la seccotine), je crois que je leur serais tombé dessus illico.

Car je ne vous ai pas tout dit. Je ne vous ai pas décrit les regards filtrés, insistants, de la créole, sa voix rauque de mendiante, l'air faussement ingénu de la nouvelle, tandis qu'elle se penchait impudemment vers le feu, la convoitise qu'elles laissaient paraître toutes deux, la première en caressant par instants son propre genou dont la rondeur s'affirmait sous le jupon tendu, la seconde en léchant ses bouts de chocolat brûlés avec des mines de chatte non sevrée.

Mme R.-L. Perse avait reposé sa guitare, qui protesta en sol. Ma Sophie, tout à sa cuisine, ne tressaillit même pas quand l'autre s'étala à son tour sur le tapis comme une fleur, lui prit les tempes à deux mains, fit lentement glisser sa résille :

– Quels beaux ceveux vous avez!... Savez-vous que vous ressemblez à Vissia?... Terriblement!

Je dois dire que la ressemblance m'échappait, comme elle dut échapper à l'ingénue :

– Je croyais qu'elle était brune?

– Très brune! Mais ça né fait rien... Vous avez les mêmes boucles, la même façon de vous coiffer... Et vos ceveux sont aussi longs que les siens, aussi odorants...

Elle les peignait de la main, les reniflait, mine de rien, comme pour mieux s'en convaincre :

– Ils sont même encore plus longs que les miens... Regardez!

Elle avait défait son madras, soulevait sa propre chevelure à deux mains comme pour donner de l'air à sa nuque :

– J'aimais beaucoup Vissia, vous savez... Pas comme un professeur aime une élève... (Ça, je m'en doutais un peu!) Comme une amie aime une amie, comme une sœur aînée aime une sœur cadette... Elle me disait tout... Elle était très confiante, très affectueuse... Z'ai eu beaucoup de çagrin quand elle est morte, z'en ai encore beaucoup... Mais moins depuis que vous êtes là... Ze crois vraiment la revoir, que tout va recommencer...

Elle s'était penchée, avait pris ma Sophie par la

taille. Leurs longs cheveux blonds et noirs frémissaient comme des bannières kurdes.

– Vous n'êtes pas fianzée?

– Pas encore, madame.

– Madame!

La créole se fût assise sur un chardon qu'elle n'aurait pas sauté plus haut :

– Appelez-moi Airelle, comme m'appelait Vissia, comme m'appellent toutes mes élèves... R.-L. = Airelle... Vous ne trouvez pas ça çarmant?

Ainsi s'expliquait le A sur le chemisier d'après-midi.

Ma Sophie, sa brochette à la main, continuait de témoigner de la sérénité d'un pêcheur à la ligne :

– Toutes mes compagnes vous adorent... Elles n'arrêtent pas de parler de vous, ne savent quoi faire pour vous faire plaisir... (Je le savais, moi, ce qui lui aurait fait plaisir!) Je suis sûre que vous devez avoir vos préférées, que Vissia n'était pas la seule qui?...

Airelle – puisque Airelle il y avait – l'interrompit impétueusement :

– C'est vous, maintenant, ma préférée!

– Mais... avant moi?

– Qu'est-ce que vous me donnerez si ze vous le dis? Un baizer?

Ma Sophie devint rouge comme une pivoine. Il est vrai que depuis le temps qu'elle se penchait sur le feu... Il est vrai aussi que l'autre l'attirait à elle d'un bras singulièrement musclé.

– Pas tout de suite! protesta-t-elle en se dégageant. Je voudrais que vous me chantiez encore une chanson...

– Quelle çanson?

– Une chanson de votre pays... Je veux dire : du pays où vous êtes née...

La créole parut balancer un instant. Puis elle récupéra sa guitare sans se lever, s'adossa au siège du fauteuil que ses cheveux éclaboussèrent d'encre, préluda :

Balali ban ban!
Missié li docteur l'a fait deux enfants
N'a pas donné le nom...

« Le collège de Mèrément s'adresse aux familles qui, tout en ayant le souci de procurer à leurs jeunes filles de solides études classiques... »

La chanson touchait à sa fin.

– Vos préférées, avec Vissia, qui était-ce?

– Suzan, avoua la créole sans plus de façons. Suzan Lukas et...

– Qui encore?

– Olga...

– La Russe? Celle qui ressemble à un garçon?

– Celle qui se coiffe en bandeaux... Mais ze ne les aime pas comme z'aimais Vissia, comme ze vous aime maintenant, vous!

– C'est tout!

– Non, il y a encore Resi, la petite Hollandaise... Ze veux dire : il y avait Resi, car nous sommes maintenant façées...

Ma Sophie, une bouchée en réserve, paraissait rêveuse.

– Trois noms, récapitula Mme R.-L. Perse. Cela fait trois baizers.

Et cela me fournissait, à moi, deux nouvelles explications.

Celle de l'obscur message par lequel « la nouvelle » avait décommandé notre rendez-vous : *Impossible ce soir. J'ai fait...* J'avais cru déchiffrer : *une faute, une tache.* C'était : *une touche* qu'il fallait lire! Peu académique, mais drôlement de circonstance.

Je savais aussi maintenant pourquoi Jeannot, sur

le point de me fournir un dernier nom de suspect, s'était subitement arrêté, comme si ce nom ne passait pas. Il ne passait pas, *car ce n'était pas un nom d'homme!*

– Airelle, je vous en prie!

Les choses avaient marché bon train pendant que je réfléchissais. Je pourrais même écrire, sans essuyer de reproches, que les événements s'étaient précipités.

– Bonsoir, dis-je, ouvrant la porte toute grande. Il ne vous reste pas un doigt de chocolat?

C'était pauvre, mais je me faisais moi-même l'effet d'une cloche ou d'un malheureux zouave pénétrant par mégarde dans un compartiment de dames seules.

« La nouvelle » cessa brusquement de gigoter et je vis ses yeux noircir comme des braises mouillées :

– *Monsieur* Marco! Vous ne savez pas que l'accès de cette maison est interdit au sexe viril passé 10 heures? (Impossible de se payer plus agréablement ma fiole.) Que venez-vous faire ici?... (Elle en remettait.) Compléter votre rapport?

– Payer votre dû, dis-je.

La créole s'était levée, défripant son jupon. Je la camisolai en moins de deux et l'embrassai sur la bouche tandis qu'elle se débattait à son tour, frénétiquement d'abord, faiblement ensuite, pour la forme quand je la lâchai.

– Irrécupérable pour le parti! dis-je sans plus, prenant la porte.

J'étais bien sûr, maintenant, qu'elles ne prolongeraient pas la soirée.

19

Je dévalais l'escalier quand je me rappelai pourquoi j'étais venu – et pourquoi l'on me payait.

Je remontai quatre à quatre, mis le cap sur le dortoir. (Dans le fond, je devais prendre goût au judo !)

La porte n'était évidemment pas fermée à clef et je n'eus qu'à tourner le bouton pour la sentir céder. Instruit par l'expérience, je n'en attendis pas moins un bon moment avant de me glisser à l'intérieur, puis rejouai les statues, le dos collé au battant.

Je compris très vite qu'il se passait quelque chose d'anormal. La fenêtre-balcon, fermée, barrait le chemin au clair de lune et ces demoiselles auraient dormi de leur dernier sommeil que le silence n'eût pas été plus absolu.

Je donnai un coup de talon dans la plinthe comme on jette une pierre dans l'eau, puis n'hésitai plus. Je cherchai le commutateur, donnai de la lumière.

Le dortoir était vide. Un Merlin malicieux en avait escamoté les dix-neuf lits – et leurs occupantes.

Je me demandai si je ne m'étais pas trompé de porte, je crus qu'on cherchait à se payer ma tête.

Puis je compris.

Je compris en me souvenant que les maçons, leur boulot achevé, avaient été escamotés eux aussi, en fin de matinée.

C'est dans l'aile gauche que le meurtrier – s'il méditait de récidiver – devrait dorénavant frapper.

20

Il n'était pas minuit – Bertha avait gazé – quand j'entrai chez Bettina.

– Tiens ! dis-je. Vous n'avez pas remplacé la glace ?

Je lui laissai finir sa réussite, puis m'assis en face d'elle :

– Je voudrais que vous me parliez de Vissia.

– Comme ça ? Tout de suite ?

– Dès qu'il fera moins soif.

Bettina s'épanouit :

– Je vous prépare quoi ? Des *wheelbarrows* ?... Elle ne buvait pas autre chose.

– Parce qu'elle venait ici ?

– Quelquefois. Entre deux cours. Embrasser son peintre. Le soir aussi, de temps en temps.

– Vous ne croyez tout de même pas ?...

Bettina hocha la tête, soucieuse :

– Je peux pas dire. Elle s'en donnait l'air. Et, à tout prendre, les femmes attachent moins de prix à ça que les hommes.

– Vous avez bien dû les observer ?

– J'ai passé l'âge. Je leur laissais le bar et allais tricoter derrière.

Elle aussi !

– Vous risquiez gros ! Supposez que la gosse ait été un jour suivie...

– Par qui voudriez-vous ! Son ex-futur beau-père ? Le petit Jeannot ?... Ils ne se seraient pas avisés de me chercher des crosses. J'aurais pu les donner à mon tour.

– Eux... ou quelqu'un d'autre.

– Qui ? redemanda Bettina, soupçonneuse. Ça ne vous suffit pas, trois partants ? Vous avez déniché un *outsider* ?

Je n'avais rien déniché du tout. Je m'étonnais seulement, à la réflexion, que Jeannot eût passé un mâle sous silence :

– Le docteur peut-être ?

– Ferdinand ?... (Bettina faillit en renverser les « brouettes » qu'elle achevait de préparer.) Vous ne savez donc pas ?

– Je ne sais pas quoi ?

– Que Félicie et lui ?... (Elle avait croisé deux doigts.) On n'attend plus que la noce. Depuis un bon moment, pour parler franc.

– Félicie ? Mlle Tournesac ?...

Je devais avoir l'air drôlement *groggy* car Bettina se mit à glousser comme une poule pondeuse :

– Vous l'avez peut-être surprise en bigoudis ? Attendez de la voir sortir de messe ! Elle sait s'arranger tout comme une autre.

Ferdinand et Félicie ! J'avais beau connaître de nombreux couples mal assortis, je ne parvenais à me faire à l'idée que...

– J'étais là, l'autre soir, quand il lui a fait une piqûre. Vous auriez dit qu'il soignait un gendarme.

– Il fallait la regarder, elle ! Elle se collerait des crises exprès pour qu'il lui tienne la main.

Bettina revenait du bar, ses « brouettes » sur un plateau.

– Bettina, dis-je sévèrement, je ne vous savais pas mauvaise langue.

– Sans blague ? s'esclaffa-t-elle tandis que les verres risquaient de subir le sort de la glace. Qu'attendez-vous de moi ? Un enfant ?

– J'attends que vous me parliez de Vissia.

– Mais je ne fais que ça !

– Pas comme je le voudrais.

– Vous voudriez que je vous en parle comment ? En bien ? En mal ?

Elle avait vidé son verre d'un trait, lorgnait le mien :

– Faiblards, hein? On dirait des *maiden's blush* (1)! Je vous en gâche deux autres, à mes frais...

Elle regagna le comptoir tout en faisant saillir ses jarretelles, rouvrit le shaker, pêcha un poison par-ci par-là :

– Voulez-vous que je vous dise?... Pour moi, ça n'était jamais qu'une gosse comme les autres, un peu trop précoce peut-être, une gosse comme je n'aimerais pas en avoir une parce que je ne tiens pas à ce qu'on me mange sur la tête... Mais pas meilleure, pas pire!... Une gentille fille, une sacrée petite garce, selon le vent... Détestant sa mère, ça oui, mais ce n'est pas sa mère qui a calanché, c'est elle! Alors?... Vous avez jamais trouvé que vos portraits vous ressemblaient, vous, à moins d'y mettre du vôtre?

– J'applaudis maintenant?

– Qu'espériez-vous? acheva-t-elle, se montant soudain. Que je vous apprenne qu'elle était fille naturelle d'un lord?

Il y avait un peu de ça. Rien de tel qu'un juteux secret de famille pour dénouer les intrigues les plus coton, généralement à la confusion du lecteur.

– Vous croyez qu'elle tenait à Carnavon?

– Elle tenait, en tout cas, à lui soutirer un portrait.

– Et Carnavon, il tenait à elle?

– Pourquoi ne lui demandez-vous pas?

– Je l'ai fait. Devant vous, l'autre soir.

– Pas depuis lors?

– Non, je suis allé lui porter du raisin. C'est sa femme qui m'a reçu.

– Vous avez causé?

(1) Vierges rougissantes.

– Un peu. Elle m'a avoué qu'il avait rendez-vous avec Vissia le soir du crime.

Bettina stoppa net ses mélanges :

– La guêpe!... Pour le tirer d'affaire, il lui aurait suffi de prétendre qu'il était couché avec elle.

– Pas s'il est réellement sorti et si quelqu'un l'a vu.

– Ça se saurait depuis longtemps si quelqu'un l'avait vu!

Inattaquable.

– Allez-y! dis-je. Faites le boulot, je garderai les enfants.

Bettina, une main dans son corsage, réfléchissait tout en rajustant son soutien-gorge :

– Je vois cinq explications...

– Pas plus?

– La première : Carlo *n'est pas sorti* ce soir-là, mais la dame a peur de n'en convaincre personne et sacrifie à la prudence en lui forgeant un alibi. La deuxième : la dame dit – sottement – la vérité. La troisième : elle dit la vérité, à cette nuance près qu'*elle soupçonne Carlo* et maquille à tout hasard la fin de son récit pour lui sauver la mise. La quatrième : *elle sait* que son homme a tué et – toujours pour garder un mari – prétend faussement l'avoir vu quitter Vissia vivante...

– Reste l'hypothèse n° 5.

– J'y arrive... *C'est la dame qui a tué,* une fois Carlo engagé sur le chemin du retour, et elle l'a devancé par une traverse, rentrant juste à temps pour passer sa plus jolie chemise de nuit... Tant que vous le soupçonnez, lui, remarquez que vous ne l'embêtez pas, elle!

– Je vous avais bien dit que vous étiez mauvaise langue.

– Ça n'a rien à faire. Fiez-vous plutôt aux vieilles maquerelles comme moi pour bien connaître les bourgeoises!

J'avais vaguement pensé à tout cela. Mais j'avais pensé en même temps au chat à moufles blanches, au thé de 4 heures, au *Roi des Aulnes* expirant sur les touches...

– Sifflez-moi ce glass! me conseilla Bettina, maternelle. Vous y verrez plus clair après!

Plus clair!

– On peut tou-toujours trouver – hic – un mobile! déclarais-je, formel, à 2 heures du matin. Ainsi, vous...

– Moi? Ne me faites pas mourir!

– Supposons – hic – que vous aimez Carnavon en secret... comme vous aimez – hic – ses toiles. Supposons – hic – que Vissia ait voulu prendre le large avec lui... Supposons – hic – que vous ayez tenu à garder l'homme et l'usine...

Je n'étais pas à la moitié de mon raisonnement quand Bettina me prit sous les bras :

– Vous devriez vous faire détective. Un *wheel-barrows*?

– Un *stretcher* (1)! hurlai-je. Et préparez-moi un pucier sur la banquette!

– Vous voulez peut-être aussi que je vous borde?

– Non. Je veux – hic – que vous me parliez de Vissia.

Etendue pieds et poings liés dans son lit. Ses yeux fixes fixant le plafond. Etranglée à l'aide de ses propres tresses...

Dix-huit témoins... Aucun témoignage...

Au diable la psychologie!

C'est de notions élémentaires de prestidigitation dont j'aurais eu – hic – besoin!

(1) Civière.

21

Le lendemain – après avoir appris, entre autres choses essentielles, que Mme Felz, sa vésicule biliaire bloquée, portait un drain depuis un an, que Mlle Sergent (enseignement général) était gauchère, et que la distribution des prix aurait lieu dans deux jours –, je commençai à me demander ce qui me retenait à Mèrémont et si je ne ferais pas mieux de changer de job.

Je ne me doutais pas que mon enquête touchait à sa fin.

C'est vers 5 heures de l'après-midi que tout commença à se dénouer. Par l'arrivée de Jeannot, porteur d'un bout de billet. J'étais couché dans ma chambre, la nuque dans les mains – et mes tatanes sur le couvre-pieds.

– De la part de Mlle Foudre, me dit Jeannot d'un ton pénétré, si pénétré que je me demandai, malgré moi, s'il n'était pas en train de se consoler – rapidement – de la mort de Vissia.

Le bout de billet était ainsi conçu :

Ce soir. 10 heures. Dans la première boucle du ru. Je n'attendrai pas. M.

Jeannot se balançait d'un pied sur l'autre, l'air sombre :

– Vous êtes sûr qu'il ne s'agit pas d'un guet-apens? questionna-t-il enfin, après un grave débat intérieur.

– Je ne crois pas. De toute façon, je serai armé.

Il n'en parut pas plus rassuré pour autant.

– Je vous couvrirai! dit-il seulement.

Vers 10 heures et demie, je dus reconnaître – en dépit des roses – que Carnavon et Vissia méritaient de figurer parmi les amants célèbres : le ru avait beau serpenter entre les cailloux et ralentir son débit à chaque touffe d'herbe, il n'en réfrigérait pas moins drôlement les alentours.

J'avais – cela va de soi – entendu la petite Mme Legrand quitter précipitamment le bâtiment. J'avais vu les lumières s'éteindre une à une dans la façade. J'avais essayé de faire des ricochets et un caillou m'était revenu sur le tibia. J'avais pourchassé une rainette et mes souliers de daim portaient encore son empreinte tronquée.

A 11 heures moins un quart, je commençai à me faire des idées. Je revoyais « la nouvelle » et Mme Airelle Perse telles que je les avais surprises la veille au soir : circonvenues par leurs péchés capitaux.

A 11 heures, je me résolus à lever le camp et à prendre toutes mesures préventives contre le coryza.

– Monsieur Marco ! Monsieur Marco !

C'était Jeannot qui m'arrivait droit dessus, plus Watson que jamais en ahanant comme un soufflet de forge :

– Monsieur Marco ! Elles l'ont kidnappée !

– Qui a kidnappé qui ?

– Les grandes ! Mlle Foudre ! Et elles l'ont...

Je jetai dans l'eau l'os de ma cigarette qui y traça des ronds indigo :

– Passe devant. Et fais gaffe à ne pas me laisser retomber de branches sur le nez.

Même en d'aussi exceptionnelles circonstances, Jeannot se révéla incapable d'oublier ses lectures. Il avançait par bonds, à la manière d'un Apache ou d'un Huron (s'il faut, du moins, en croire les bons auteurs). A un certain moment, il s'arrêta même pile pour humer le vent, à un autre pour coller l'oreille au sol. Il est vrai qu'il venait de prendre un billet de parterre.

– Plus vite ! m'encourageait-il à intervalles réguliers, me modérant d'ailleurs chaque fois que je venais à le dépasser. Doucement ! Elles doivent avoir posté des sentinelles !

Quand nous fûmes en terrain découvert, ce fut bien pis. Jeannot ne parlait de rien de moins que nous camoufler en rosiers.

– Allez, allez ! dis-je. Fonce. Je te suis.

Et je fis claquer ma langue à seule fin de le persuader que je venais d'armer mon automatique.

Je vous jure que nous devions drôlement faire lanciers du Bengale, le Jeannot devant, se propulsant dans le meilleur style Cecil B. De Mille, moi derrière, ignorant encore vers quoi je volais et risquant à tout moment de prendre la mesure de la pelouse.

Doucement ! me répéta soudain Jeannot, freinant le train. C'est là...

Là. La cabane de rondins, naturellement !

Impossible d'y entrer comme des uhlans dans une église. Du moins pas tout de suite. Pas avant de savoir ce qui nous attendait à l'intérieur.

Mais Jeannot-Watson s'était déjà débrouillé :

– Psst ! Par ici ! Le bois a joué...

Un instant plus tard, lui à croupetons, moi sur la pointe des pieds pour jouir de la même fente, nous pastichions les resquilleurs sportifs du dimanche.

Nous ne distinguâmes d'abord qu'une confuse mêlée de robes bleu lavande volant en tout sens, une sorte de tourbillonnant va-et-vient d'où émergeait tantôt une tête ébouriffée, tantôt un dos ou son seul prolongement. (Je pus ainsi reconnaître par le détail Suzan et Martine – dont je gardais un souvenir transparent –, Olga et Resi – décrites, la veille, par Mme Airelle Perse –, plus un blond gendarme poméranien opportunément baptisé Loulou.) Puis le ballet prit fin, ces demoiselles refluèrent vers nous, la nouvelle nous apparut à son tour...

– Elles venaient tout juste de l'attraper quand je suis parti à votre recherche ! me souffla Jeannot du parterre. Elles ne peuvent pas lui avoir fait grand mal !

Je ne sais si elles lui avaient fait grand mal. Je sais seulement qu'elles lui avaient déchiré sa robe dans la bagarre, la laissant en balconnet et jupon blanc, et que trois d'entre elles, travaillant par étages, achevaient de la ficeler de la tête aux pieds avec quelque vingt mètres de corde.

– Lâchez-moi ! protestait-elle par à-coups. Allez-vous me lâcher ? Vous êtes folles ! Vous m'écrasez les seins !

Une main moite m'étreignit le poignet :

– On y va ? (Jeannot-Watson.) Je serais de vous, je commencerais par descendre la Suzan !

Je me contentai de refermer mes jambes en ciseaux :

– Minute, matelot ! Ça fait une paye que je brûle moi-même d'infliger à cette jeune personne un supplice du genre !

– Monsieur Marco ! Vous plaisantez ?

– Je n'y pense pas. Attends d'être marié de six mois et tu verras !

Ma Sophie ressemblait moins maintenant à une jeune fille de bonne famille qu'à une momie de la XXe Dynastie ou à un ver à soie qui se serait emmêlé dans ses points de surjet. Elle oscillait d'un pied sur l'autre, incapable de garder son assiette, et je vis le moment où elle allait tomber sur le nez. Déséquilibrée d'une pichenette, elle partit finalement à la renverse dans un rocking-chair qui lui fauchait les mollets et où ces demoiselles s'empressèrent de l'arrimer au quart de tour.

Suzan ne participait plus depuis longtemps aux opérations. Plus satrape que jamais, elle émit un roucoulement satisfait :

– Bâillonnez-la, ou elle est capable de nous en pousser une !

Une pierreuse n'aurait pas mieux dit.

La prisonnière tenta bien de différer cette ultime humiliation en se dévissant le cou, mais elle avait décidément affaire à des spécialistes de l'emballage. L'Olga de la Volga lui serra le nez entre deux doigts comme dans une pince à linge. Simultanément la robuste Loulou lui enfourna entre les gencives un mouchoir roulé en boule, lui referma la bouche comme un casse-noisettes et colmata le tout avec une écharpe qui lui faisait trois fois le tour de la tête.

Suzan émit un second roucoulement :

– Parfait !... Otez-lui ses talons hauts. Liez-lui les chevilles aux chenets. Pas comme ça ! Croisez-les... On va bien voir maintenant si elle est incapable de dire maman !

Elle fit un signe du menton et c'est alors seulement que je découvris les accessoires : un gai feu de bûches que deux des gosses s'occupaient à attiser en soufflant dessus, un tisonnier dont une troisième – la tendre Resi – faisait rougir les branches.

Pour un collège offrant toutes garanties aux familles ! Je ne sais ce que j'aurais donné pour que Mme Felz eût réservé un entre-deux-rondins, elle aussi !

– Hon-on ! plaidait vainement la prisonnière, se racornissant par avance comme ces bouts de chocolat dont elle se délectait la veille.

Suzan promena complaisamment les mains sur ses hanches, tendit sa jupe le long des cuisses. Ses yeux brillaient eux-mêmes comme des tisons. Un beau bébé, tout bien considéré! Spécialement quand elle aurait perdu sa graisse de pension :

– Si tu te décides à parler *intelligiblement,* lève – bien haut – le petit doigt de la main gauche. Entre nous, je ne vois d'ailleurs pas trop ce que tu pourrais remuer d'autre! Si tu préfères te taire...

(Un euphémisme que je ne dus pas être seul à apprécier.)

– ... je te conseille de prétendre – *après* – que tu souffres de cors aux pieds ou que tu t'es foulé une cheville. Tu dirais autre chose – la vérité, notamment –, nous serions obligées de nous réoccuper sérieusement de toi... Resi, rapproche les bûches! Mlle Foudre doit commencer à avoir des frissons.

Tout en parlant, elle s'était avancée vers la prisonnière. Sans hâte. Avec une lenteur préméditée.

– Alors? fit-elle, soudain mauvaise, la saisissant aux cheveux et tirant tout ce qu'elle savait. Tu l'ouvres? Tu la fermes?...

La tendre Resi avait retiré de l'âtre son tisonnier chauffé à blanc.

– Donne-moi ça! haleta Suzan, le lui arrachant des mains.

Jeannot eut un tel soubresaut qu'il faillit me désarçonner. Il aurait d'ailleurs fini par y réussir si un cri n'avait retenti dans la cabane :

– Suzan, regarde!... Elle a levé le doigt!

Ce qui m'étonna, c'est que ma Sophie n'eût pas levé les dix. J'aurais parié ma part de paradis – autant dire des haricots – qu'elle en viendrait là après s'être congrument fait prier. Telle était même l'une des raisons pour lesquelles j'avais laissé aller les choses. « Les femmes ont ceci de commun avec les statisticiens qu'elles fondent généralement leur bonheur sur des comparaisons », prétendait grand-père Pons. Peut-être celle-ci apprécierait-elle davantage par la suite les menues douceurs de la vie en pantoufles?

Suzan rejeta le tisonnier à regret. Ses yeux ne brillaient plus. Ses doigts tremblèrent, tandis qu'elle défaisait le bâillon humide.

– Alors? questionna-t-elle d'une voix blanche.

La prisonnière commença par reprendre son souffle. Vous auriez cru qu'elle venait de plonger par dix mètres de fond :

– Que... que voulez-vous que je vous dise? Je... je ne sais même pas pourquoi vous m'avez attirée ici, infligé un aussi odieux traitement! Et je vous préviens...

– Ce traitement est celui que nous réservons aux mouchards.

– Aux mouchards! Par exemple! Je vous jure...

– Ne jure pas. Réponds. Tu ne t'es jamais appelée Foudre.

Ma Sophie dut éprouver ce choc, suivi de soulagement, qu'éprouve une femme en danger de se noyer et qui vient de prendre une bouée de sauvetage sur la tête.

– Non, Tonnerre, avoua-t-elle, l'air détaché.

Elle parut hésiter à livrer un secret d'Etat, précisa, faussement désinvolte :

– Moira Tonnerre.

J'avais beau l'avoir reconnue du premier coup d'œil en la découvrant dans le lit de Vissia, je ne pus m'empêcher de sursauter. Comme si, entre-temps, je m'étais pris à en douter.

– Foudre, Tonnerre, du kif-kif! commenta simplement Loulou.

Mais les autres devaient chipoter la radio à leurs moments perdus. Elles s'entre-regardèrent, soufflées.

– Ce n'est tout de même pas vous qui chantez : *Si le ciel était la mer et si j'y avais une île?*

– Et : *Attends que le soir vienne avant que je sois tienne?*

– Et : *Mon nouveau chapeau vaut un vieux château?*

Moira n'aurait pas été plus ravie si elle avait obtenu un *bis.*

– Mmm, reconnut-elle, se prélassant dans son empaquetage comme dans un hamac. Remarquez que j'ai fait mieux depuis... Ceci, entre autres choses :

Un' femme à sa toilette
Finit par la voilette,
Mais l'amant qui l'attend
S'y prend tout autrement.

Elle s'était mise à fredonner – je n'invente rien – et les gosses, sauf Suzan, l'écoutaient d'un air béat.

– Vous nous donnerez une photo dédicacée? quémanda l'une, le couplet fini.

– Ce que je voudrais savoir, c'est votre âge! susurra une autre. Vous faites tellement jeune fille... Vingt ans?

– Vingt-trois? hasarda une troisième.

– Vingt et un? proposa Resi.

Par parenthèse, je n'aurais pas été fâchée de l'apprendre moi-même, mais ce mystère-là, du moins, ne devait jamais être éclairci.

– Vingt-deux, comme il convient à la maîtresse d'un flic! coupa Suzan, reconquérant d'autorité la vedette.

– La... la maîtresse de?... releva une voix incrédule, soulignée par un chœur d'exclamations diverses.

Suzan n'y prêta pas la moindre attention.

– Croyez bien, mademoiselle Tonnerre, que j'apprécie à son prix l'honneur d'avoir parmi nous une artiste de votre renom, reprit-elle avec une inquiétante douceur. N'allez pourtant pas vous imaginer pour autant que vous puissiez nous avoir à la chansonnette, ou caresser l'espoir de quitter ces lieux avant d'avoir vidé votre sac. Je ne saurais même trop vous conseiller de faire vite ou...

Elle avait levé la main, une main toute prête à retomber, et la prisonnière rentra instinctivement le cou. Le jour qu'on viendrait à lui parler du troisième degré, du moins n'aurait-elle plus d'explications à demander !

– Je... je n'ai rien appris d'important ! bredouilla-t-elle. Je... je sais seulement que Mrs Baker-Queen a refusé de quitter sa chambre le matin où Vissia a été trouvée étranglée.

– Sans blague ? Ensuite ?

– Je sais aussi pourquoi. Vous lui aviez chipé sa perruque. Elle ne voulait pas s'exhiber sans.

– Faux, mais c'est sans importance. Après ?

– Je... je sais que la distribution des prix aura lieu après-demain, que... que Mlle Sergent est gauchère, que Mme Felz porte un drain, que Mme Legrand va régulièrement retrouver le soir un homme qui s'appelle Pierre...

Suzan pâlissait à vue d'œil :

– Tss ! Je ne vous ai pas demandé de me rapporter les potins du collège, mais ce que vous avez découvert... et que vous n'auriez pas dû découvrir ! Je vous ai également engagée à vous presser !

Moira, dans le vain espoir de se dégager, se paya quelques ridicules contorsions. Je crois qu'elle avait moins souffert, tout compte fait, alors qu'on la saucissonnait. Et telle était la seconde raison pour laquelle j'avais laissé aller les choses : sans cette torture-*party*, elle aurait été capable de tout garder pour elle et de me faire finalement la pige.

– Je... je sais que Vissia donnait des rendez-vous clandestins à ce peintre, Carnavon, et à son futur beau-père... Je sais qu'elle aguichait Jeannot, le petit jardinier...

– Si on peut dire! protesta Jeannot, du parterre.

– Je sais que Mme R.-L. Perse et Vissia...

– Oui? dit Suzan.

Ce fut Moira la plus embêtée. Elle avait dû compter qu'on la couperait :

– Eh bien!... Je crois qu'elles éprouvaient l'une pour l'autre une affection qui... Je veux dire : elles devaient s'aimer plus que...

Cette fois, quelqu'un l'interrompit. Mais pas Suzan. Resi :

– Ce n'est pas vrai! Airelle n'a jamais vraiment aimé Vissia! Elle me l'a juré! C'est Vissia qui...

Elle avait à peine donné le la que l'Olga de la Volga, livide, doublait ses protestations en en triplant les *r*.

– Assez! cria Suzan, frappant du pied. Vous croyez peut-être que nous avons toute la nuit devant nous? Que je vais écouter jusqu'au matin vos histoires de...?

Elle retint le mot, revint à la prisonnière :

– Et toi, tu n'as pas entendu ce que je t'ai dit? Tu veux des claques... comme entrée?

– Non, attendez!

Moira se rejeta si violemment en arrière que sa nuque alla donner contre le dossier du fauteuil :

– Je... je sais que vous n'aimiez pas quitter vos chambres de l'aile gauche, que l'idée vous est venue, une fois réunies en dortoir, de mystifier Mlle Tournesac...

– Comment?

– De cent façons. En mettant son lit en portefeuille, en...

– En?

Suzan l'avait reprise aux cheveux, s'apprêtait à retirer dessus, mais Moira ne lui en donna pas le temps. Je compris qu'elle venait de vaincre sa peur, ne cherchait plus qu'à rendre coup pour coup.

Elle dit, détachant les syllabes :

– *En jouant les fantômes.*

Le silence qui suivit tient dans le blanc qui précède.

Je dois reconnaître que j'avais tout imaginé, sauf cela : *le dortoir vide.*

Je dois reconnaître aussi que Suzan encaissa sans broncher.

– Repasse-moi le tisonnier, Resi ! dit-elle seulement. Et le bâillon.

Une idée fixe.

– Pourquoi ? objecta Resi. On n'a pas cessé d'être derrière elle depuis hier. Elle n'a encore rien dit à personne.

Elle devait penser à son autographe.

– Justement ! dit Suzan. Elle pourrait se rattraper...

Resi obéit à contrecœur :

– Que veux-tu faire ? Lui arracher la langue ?

Il était clair que Suzan en mourait d'envie, spécialement après avoir subi : *Un' femme à sa toilette...*

– Non, la vacciner. A titre d'avertissement. Après quoi, avant qu'elle affranchisse son flic...

Ça n'était pas tellement mal raisonné.

Je dis adieu à mon œil-de-bœuf, fis sauter la porte d'un coup de pied.

– Le flic est affranchi, dis-je gaiement. Il en sait même un doigt de plus que vous ne croyez.

Jeannot-Watson, ayant foncé sous ma rotule, se cassait déjà les ongles sur les vingt mètres de corde.

– Touche pas à ça, dis-je. Remets-lui plutôt son bâillon.

Les gosses ne bougeaient pas, sidérées. Moira, quand elle fut sûre d'avoir bien entendu, bougea pour elles cinq :

– Pacha ! Si jamais vous osez... Je vous jure que je ne vous revois de ma vie !

– Nous nous reverrons dans l'autre. Je tiens à boulonner en paix.

Jeannot – tandis que je remettais tout en place – était devenu tout blanc, puis tout rouge, comme un signal lumineux.

– Vous... Vous n'allez tout de même pas la laisser comme ça ? finit-il par implorer comme je resserrais le dernier nœud.

– Sûrement pas, dis-je. Passe-moi cette housse, là, et donne-moi un coup de main... Je ne tiens pas à ce qu'elle prenne la poussière.

Les cinq gosses, revenues de leur stupeur, ondulaient maintenant à s'en faire péter les jarretelles.

Je les laissai se détendre un moment, sortis – enfin – mon feu :

– Montrez-moi vos quartiers. On va jouer aux aveux spontanés.

22

– Les voilà ! Les voilà ! gémit Mlle Tournesac.

Je la rassurai d'une pression de main, m'embusquai sur le palier.

Précédées d'ombres tournantes et emmitouflées de draps de lit qui ne laissaient passer qu'un nez, un cil ou le bord d'une chemise de nuit, les dix-huit gosses achevaient de sortir du dortoir, comme éjectées par un passe-boules. La première attendit la dernière, puis elles vinrent processionnellement vers nous, s'agglutinèrent devant la loge vitrée en jouant les épouvantails. Certaines s'étaient munies de verres de lampes dont elles tiraient des sons caverneux, d'autres de torches électriques dont le foyer, occulté par leur suaires à jours, les nimbait d'une insolite clarté. L'une d'entre elles – Emma – s'était même collé sur le faciès un masque enluminé de Carnaval qui avait tendance à l'embellir.

– Stop! dis-je, donnant de la lumière et me tournant vers le témoin. C'est bien comme ça que ces demoiselles opéraient, d'ordinaire?

Mlle Tournesac, mal assise sur une mauvaise chaise, la seule qui traînât par là, garda les yeux baissés :

– Je ne sais pas... Je crois...

– Comment ont-elles procédé la nuit du crime?

– Comme... Comme cela.

– Vous n'en jureriez pas?

– Non, je... Je ne les ai jamais entrevues que de mon lit... Je ne les savais pas plutôt là que je me cachais sous mes couvertures.

– Pourquoi ne fermiez-vous pas vos rideaux?

– Je les fermais généralement.

– Une nuit sur deux?

– Chaque fois que j'y pensais.

Les dix-huit gosses, pareilles à des statues attendant leur inauguration, nous observaient d'un air cafard. Et il était clair maintenant qu'elles tremblaient dans leurs draps comme la surveillante n'avait jamais grelotté sous les siens.

Je les ignorai délibérément, revins à cette pauvre Félicie :

– Chacun ici vous sait craintive, impressionnable. Les gosses aussi le savaient, ou elles auraient élu une autre victime. Mais on se fait à tout, même à la peur... L'idée ne vous est jamais venue de vous assurer qu'il s'agissait de *vrais* fantômes?

Mlle Tournesac prit un ton d'excuse :

– Non, je... je préférais rester sur un doute!

Vrais ou faux, les fantômes m'ont toujours terrorisée.

– En somme, vous trembliez de confiance?

– Je craignais surtout de décevoir les petites, qu'elles n'inventent quelque chose à quoi je n'aurais pas été *préparée*. Du moins, en entrant dans leur jeu, pouvais-je espérer qu'elles n'iraient pas plus loin, ne chercheraient pas à forcer la note... J'essayais de prendre sur moi, me répétant – sans trop y croire – qu'il s'agissait d'une inoffensive plaisanterie... Dans le cas contraire, si j'avais dû par extraordinaire découvrir... Mon cœur n'y aurait pas résisté...

– D'où vient que vous ne vous êtes jamais plainte à Mme Felz?

Mlle Tournesac détourna la tête, l'air gêné :

– La rigueur de la répression eût certainement dépassé la gravité de la faute. Ces petites m'aiment bien, elles n'ont jamais dû se douter du mal qu'elles pouvaient me faire...

– Il fallait les en avertir!

– Elles ne m'auraient pas crue, m'en auraient voulu... On ne croit jamais au mauvais état de santé des autres...

– J'imagine que c'est également par affection pour elles que vous gardez le silence depuis le crime?

– Oui, je... Vissia est morte, rien ne pourra la ressusciter... Les petites, en revanche, avaient affreusement peur qu'on ne vînt à découvrir la vérité, à les soupçonner – injustement – d'avoir préparé le terrain au meurtrier.

– Pas d'autres raisons?

– N...on.

– Et ça? dis-je, exhibant le rébus subtilisé au Dr Cadet. Ça veut dire quoi, d'après vous?

Mlle Tournesac se saisit du bout de billet avec répugnance. Si elle n'avait jamais vu celui-ci, elle devait en avoir collectionné pas mal d'autres qui lui ressemblaient :

– Je ne sais pas... On dirait un rébus...

– Exactement. Un mauvais rébus, indigne d'un journal pour loupiots. Un rébus dont les auteurs se sont trahis dès que j'ai prié ces demoiselles de le recopier, car il n'y en avait apparemment *pas une sur dix-huit* qui sût dessiner une tête de mort... Un rébus dont j'ai été long à comprendre la vraie portée... Je croyais, avec le Dr Cadet, à une innocente mystification... *J'ignorais encore ce que vous saviez* et que ces charmantes enfants comptaient une fois de plus sur la peur pour vous fermer la bouche, peut-être – qui sait ? – vous coller une bonne crise, celle qui ne pardonne pas...

Je fis volte-face comme un automate d'étalage. Les gosses étaient désormais aussi livides que d'authentiques spectres écossais.

– Dépositions mensongères, menaces de mort et voies de fait sur la personne d'un témoin, récapitulai-je à la Broche – et en exagérant à peine. Je vous fais embarquer tout de suite – un simple coup de fil et vous avez droit à une balade gratis en car – ou vous m'avouez le reste ?

Je comptais que Suzan se débattrait jusqu'au bout. Ça ne fit pas un pli :

– Le reste ? Quel reste ?... Vissia, quand on l'a retrouvée, paraissait dormir. On était nous-mêmes pressées d'en faire autant. Que voulez-vous qu'on vous dise de plus ?

J'allumai une Lucky à seule fin de me dérober derrière un écran de fumée :

– Une bêtise. La raison pour laquelle Vissia ne vous a pas suivies ce soir-là ou a regagné son lit avant les autres.

– C'est à elle qu'il faudrait le demander !

– Je le lui demanderai quand je l'aurai rejointe, c'est-à-dire le plus tard possible... Vous n'avez pas remarqué qu'elle restait en arrière ou vous laissait tomber?

– Ça, non! Nous avions autre chose à faire qu'à nous compter. Un authentique fantôme aurait même pu se mettre de la partie...

Suzan croyait bien avoir marqué un point. Je la laissai mariner un moment dans son illusion, puis avançai la main, tâtai son suaire comme on tâte une fin de solde :

– Encore un mensonge, jeune fille! Admettons que vous n'ayez rien remarqué au *départ*. Au *retour*, en revanche, vous n'auriez pas manqué de vous étonner de retrouver votre amie couchée, l'auriez questionnée et ce n'est pas *le lendemain*, mais *sur-le-champ*, que vous auriez découvert qu'elle était morte!

Je n'eus pas lieu d'être mécontent de mon public. Un murmure s'éleva parmi les gosses, tandis que Suzan tournait au vert – une couleur qui ne lui allait pas.

J'en profitai pour mettre la pédale :

– Remarquez que je ne suis pas autrement pressé de savoir! Je loge à l'hôtel, me couche rarement avant le matin... Vous ne courez qu'un risque, celui de voir apparaître le commissaire Broche, qui ne peut jamais se passer bien longtemps de moi... Il serait capable de me demander de lui passer la main, puis de vous passer les menottes.

Je m'adressais aux gosses en général, cherchant à repérer celle qui flancherait la première.

Suzan la repéra avant moi et l'agrafa par le bras :

– Em-ma!

Mais il n'était plus temps d'intervenir. Emma, son masque tombé, exhibait un visage blanc et haineux.

– Lâchez-moi, idiotes! (Martine venait de la

ceinturer à son tour.) Ça vous ferait plaisir que je perde ma bourse à cause de vous ? (Elle ne dit pas : « plaisir », elle usa d'un mot inconvenant.) Moi, ça me fera plaisir (je sursautai pour la seconde fois) de vous voir répondre d'assassinat ! Vous me dégoûtez, vous m'avez toujours dég...

Elle ne put aller jusqu'au bout. Suzan lui avait collé une beigne qui lui arracha ses lunettes, tandis qu'Olga, Resi et Loulou se rapprochaient, l'air mauvais.

– Monsieur Marco ! Monsieur Marco ! couina-t-elle, affolée. Défendez-moi ! Déf...

Je lui laissai le temps de déguster une seconde pêche, histoire que son futur mari sût comment la prendre un jour, puis ressortis mon pétard et soufflai dans le canon.

– Parlez, mademoiselle ! dis-je, volontairement régence. Qu'est-il exactement arrivé ?

Les autres gosses avaient fini par la lâcher, s'en écartant comme d'une cholérique.

Emma leur jeta un regard torve, puis ramassa ses lunettes dont un verre était brisé, les remit sur son nez comme un roi, rappelé par ses sujets, recoifferait sa couronne.

Elle reniflait à grands coups.

– C'est elles les coupables ! triompha-t-elle enfin, me désignant successivement du doigt ses cinq ennemies intimes. Elles et ces trois-là... (Ces trois-là, dont je ne pus percer l'anonymat sur le moment, jouaient les femmes arabes.) Elles... elles menaçaient de nous torturer si on ouvrait la bouche, si on vous disait la vérité...

Je ressoufflai – sans nécessité – dans le canon de mon automatique :

– Quelle vérité ?... Elles ne se sont tout de même pas mises à sept pour étrangler Vissia ?

Emma secoua la tête. Elle rayonnait.

Et il apparut que je venais de commettre une nouvelle erreur de calcul.

– Non, dit-elle suavement. Elles se sont mises à *huit* pour la ligoter et la laisser *comme ça*!

23

– Bonsoir, madame, dis-je civilement. Vous tombez pile.

Mlle Tournesac s'était déjà levée, s'effaçant d'un air humble.

– Restez assise, Félicie, dit Mme Felz, sans lui accorder un coup d'œil.

Appuyée des deux mains à la poignée de sa canne, elle ne regardait que moi (et les gosses) :

– Puis-je vous demander quel est l'objet de cette étonnante mascarade, monsieur Marco? S'agirait-il d'un nouveau test?

Je ne lui prêtai pas plus d'attention qu'elle n'en avait accordé à cette pauvre Félicie.

– Répondez, vous autres! dis-je simplement.

Mais les gosses aussi regardaient ailleurs, l'air distrait. Emma incluse.

– Ces petites semblent avoir perdu l'usage de la langue! constata Mme Felz, après un temps.

Elle me parut toute prête à m'en tenir pour responsable.

– Qu'à cela ne tienne! dis-je. Je connais un excellent moyen de le leur faire retrouver... Resi, Olga, Christine! lançai-je au hasard – sans être sûr du tout qu'il y eût une Christine dans le tas. Rapportez-moi un fauteuil, des bûches et des cordes! Si vous ne savez où en prendre, poussez jusqu'à la cabane. Vous y trouverez tout ce qu'il faut.

– Un instant, petites!

Mme Felz avait levé sa canne, stoppant le trio comme d'un coup de baguette magique, puis elle se tourna vers moi, sa canne toujours levée :

– Jusqu'à plus ample informé, monsieur Marco, en l'absence – regrettable – de Mme Legrand, c'est moi qui demeure seule maîtresse de ce collège! Je vous serais donc vivement obligée, avant que ces demoiselles obtempèrent à votre ordre, de bien vouloir m'expliquer – fût-ce en deux mots – l'usage que vous comptez faire de ce... feu, ce fauteuil et ces cordes.

Je jetai ma cigarette dans l'âtre froid de Mlle Tournesac :

– Volontiers. Je compte m'en servir pour appliquer la question à l'une de vos pensionnaires : Mlle Lucas.

– La question?... Quel genre de question?...

– La question extraordinaire.

Mme Felz avait beau avoir trois fois mon âge – et porter un drain depuis des années, ce qui devait commencer à lui apprendre la vie –, elle ne m'en parut pas moins subitement alarmée.

– Félicie! jeta-t-elle par-dessus son épaule. Voulez-vous bien réveiller Mlle Sergent et Mrs Baker-Queen... immédiatement?

Félicie courait déjà vers la porte. Je la stoppai à mon tour, mine de rien, en laissant tomber mon automatique :

– Un instant!... La nuit où Vissia a été tuée, ces demoiselles ont joué les fantômes. Entendez par là qu'elles se sont emparées de tous les draps de lit disponibles du collège pour s'en faire les ensembles que vous voyez et défiler processionnellement sur le palier. Leur objectif? Coller des sueurs froides à cette pauvre Mlle Tournesac... Vissia, seule, n'était pas des leurs. Vissia était – paraît-il – restée dans son lit, pieds et poings liés. Troussée comme une volaille promise à la broche. La seule chose que j'ignore encore, c'est pourquoi sept – pardon : huit – de ces demoiselles lui ont infligé un tel traitement... et je doute qu'elles l'avouent de bonne grâce!

– Votre chaise, Félicie! réclama Mme Felz.

Elle s'en empara d'autorité, faillit s'asseoir à côté. Mais ses mains restaient appuyées à sa canne, son regard direct demeurait clair et bleu. Je crois que c'est à partir de là que je me mis à l'aimer vraiment.

C'est aussi à partir de là que je devinai qu'elle en avait toujours su plus que moi.

– Eh bien? fit-elle, se tournant brusquement vers Mlle Tournesac, toujours hésitante. Vous avez entendu ce qu'a demandé M. Marco? Faites-vous accompagner de trois de ces enfants et revenez vite!

Je l'aurais embrassée.

– Vous n'allez tout de même pas...? commença une voix près des larmes (celle de Rési).

Mais Mme Felz ne paraissait plus se soucier que de trouver sur sa mauvaise chaise une position confortable.

– M. Marco vous interroge, répondez à M. Marco! dit-elle simplement, se soulevant à demi pour mieux aplatir sous elle les plis de sa jupe princesse.

Dès lors, je n'aurais pas obtenu dans les cinq minutes qui suivirent des aveux complets et circonstanciés, j'aurais mieux fait de m'engager dans l'Armée du Salut.

– Comment se fait-il que Vissia n'ait pas appelé au secours, cherché à résister? interrogeai-je pour débuter.

– Résisté? pouffa Loulou. Elle était *consentante.*

Tout avait commencé, paraît-il, le jour où Vissia avait reçu – par la bande – ce livre de Pierre Mille : *Christine et Lui* et où elle était tombée sur les pages 101, 102 et 103. *Im-pos-sible*, y avait-elle écrit en marge, forte de l'expérience de ses seize ans, puis elle avait passé le bouquin à ses copines – en les priant d'en avoir soin.

– *Impossible*? s'était écriée Suzan. Tu veux que je te montre?

– Me montrer quoi?... On peut toujours se détacher *si on le veut*!... Regarde Mme Steinhell : elle s'était ligotée *elle-même*! Et le Dr Locard l'a dit : « Dans les affaires criminelles, il n'y a pas une personne sur cent (ou sur mille, je ne sais plus) qui ait été réellement réduite à l'impuissance! »

– Tu y réussirais, toi, à te libérer?

– Sûrement! Mais je ne tiens pas à essayer!

– On peut essayer sur les autres...

C'est comme ça que l'idée était née. Mais je pécherais par omission si je ne signalais pas – comme je l'appris moi-même en cuisinant ses complices – que Suzan, fraîche émoulue d'un collège anglais, était précisément une spécialiste du *tying up*, ce jeu qui consiste, pour une ingénue ou un jeune garçon, à se laisser ligoter étroitement, le soir tombé, et à essayer de se libérer avant le lendemain matin. En cas de réussite, l'ex-captive décroche le droit d'attacher à son tour son bourreau de la veille. En cas d'échec, ce dernier remet ça la nuit suivante (1).

(1) Authentique.

Ce jeu – dont il conviendrait de rechercher les origines dans un sado-masochisme héréditaire ou un goût dépravé pour les histoires de fantômes et de police – a été interdit depuis qu'une jeune personne, attachée par le cou, a été retrouvée, en 1945, étranglée sur sa descente de lit.

Il est néanmoins probable que les nouvelles générations, nourries aux mêmes sources, continuent de s'y adonner en secret.

Vissia, exploitant son ascendant sur ses compagnes, avait, en ce qui la concernait, retardé l'épreuve le plus longtemps possible.

Jusqu'à cette nuit où le meurtrier – peut-être inutilement armé d'une matraque ou de chloroforme – l'avait trouvée *toute préparée à la mort...*

Ces aveux dûment enregistrés, Mme Felz me parut soudain porter son âge.

Mais elle n'eut pas le temps d'émettre le moindre commentaire.

Nous avions deux nouveaux invités : Moira, soutenue par le commissaire Broche.

– Monsieur Marco ! attaqua-t-il aussitôt, parlant visiblement pour deux. J'avoue que j'ai peine à comprendre...

Cette pauvre Félicie revenait justement, suivie de trois acolytes portant les objets demandés : un fauteuil, des bûches et des cordes.

– C'est pour quoi faire ? s'inquiéta derechef le commissaire.

Je lui désignai Suzan :

– La faire parler. Elle est la seule qui n'ait encore rien dit.

– Je m'en charge ! déclara Moira.

Je ne sais comment elle fit, mais elle avait déjà monopolisé le tout, distribuait des ordres :

– Collez-lui un marron, si elle résiste ! Croisez-lui les bras dans le dos... Serrez ! Plus fort !

Mme Felz s'était levée, marchait vers la porte.

– Estimez-vous que tout ceci soit indispensable ? questionna-t-elle, du seuil.

Je passai mon bras sous le sien, l'entraînai, ainsi que le commissaire :

– Absolument ! Ou je serais obligé de chercher une autre Moira.

Mon charme n'opéra pas plus loin – plus bas, veux-je dire – que le rez-de-chaussée.

Il est vrai qu'un cri inarticulé venait de tomber de l'étage.

– Jamais je ne tolérerai..., commença Mme Felz.

– Si vous croyez que je vais prêter la main..., marmonna le commissaire.

Je n'étais pas tellement fier moi-même.

Par bonheur, un nouveau cri nous tombait déjà dessus :

– Ça y est!... Elle a avoué!

Et, comme c'était Moira qui criait, elle ajouta :

– A-mour!

(Pour moi tout seul.)

Le commissaire fut le premier à rentrer dans sa peau :

– Vos méthodes ont beau être inhabituelles, je dois reconnaître que vous ne vous êtes pas mal débrouillé! Grâce à vous, nous savons maintenant *comment* le crime a été commis et par qui il a été – involontairement – préparé. Nous savons aussi...

Il m'embêtait. Je le coupai :

– ... que *n'importe qui* a pu le commettre tandis que les gosses effrayaient Mlle Tournesac! Autant inscrire les noms des suspects sur des bouts de papier, les introduire dans un chapeau, agiter le tout et tirer le bon.

Mme Felz n'écoutait pas. Pour mieux dire, elle écoutait autre chose. Un chœur de voix fraîches :

Un' femme à sa toilette
Finit par la voilette...

– N'oubliez pas que la distribution des prix aura lieu après-demain, me rappela-t-elle, détendue. Et que vous y êtes invité...

– Noté, dis-je. N'oubliez pas non plus d'y inviter le meurtrier.

24

Je regrette de n'avoir pu sténographier le compliment qui ouvrit la fête car il méritait à plus d'un titre de passer à la postérité.

Considérez en effet qu'il s'adressait tout à la fois à la défunte fondatrice du collège, à notre-chère-directrice et à notre-non-moins-chère-sous-directrice, au vaillant-corps-enseignant-toujours-sur-la-brèche, aux ex-élèves-présentes-parmi-nous, aux élèves classées premières, à celles qui feraient mieux la prochaine fois, à ce-sujet-d'élite-trop-tôt-enlevé-à-notre-affection-et-qui-aurait-ravi-tous-nos-lauriers, aux parents d'élèves, les heureux et les éprouvés, aux membres-laborieux-du-personnel et à tous-ceux-dont-l'appui-nous-est-acquis-et-que-nous-aurions-omis-de-citer-par-mégarde. Considérez aussi que l'auteur de ce morceau de choix avait réussi à trouver à Felz une rime tout à fait étonnante et probablement unique dans la langue française. (Je ne m'en souviendrais pas, le cou dans la lunette.)

A titre de compensation, je suis heureusement en mesure de reproduire l'essentiel de l'*Hymne à la France* figurant en numéro deux au programme :

France, debout, reprends courage :
Le destin n'abat pas les forts.
De tes mains doit sortir l'ouvrage
Pour lequel tes enfants sont morts.
Ils sont tombés sans une plainte,
Sort heureux bien digne d'envie,
Pour garder la devise sainte
Qui symbolise la Patrie.

Mme Airelle Perse, promue directrice de chorale, pâlissait à mesure qu'elle en découvrait les beautés. Inversement, Mlle Sergent, fière d'avoir su imposer un choix, s'épanouissait de couplet en couplet, quêtant de droite et de gauche des signes d'approbation. Une âme simple se reconnaît entre mille.

Pour faire régner la concorde,
Unissons-nous, hommes de bien!
Oublions toutes nos discordes,
La Paix crée le pain quotidien.

Le plus pénible était la chaleur, une chaleur poisseuse de hammam, une chaleur lourde d'avant l'orage. Il avait fallu fermer les fenêtres sous peine de subir une invasion de guêpes et on les voyait ascensionner furieusement le long des carreaux, par dépit de ne pouvoir butiner les chapeaux à fleurs de ces dames. (Des dames en satin, en taffetas, en moire. Des chapeaux potagers. Un vrai parterre, à vol de guêpe.)

– Chéri ! me souffla Moira. Vous avez remarqué la deuxième, au troisième rang, en partant de la droite ?

Mes préférences allaient à la quatrième, au quatrième rang, en partant de la gauche, mais je n'allais pas contrarier ma Sophie pour un nez camard et une dermatose.

Ce sont toujours les terres dures
Qui voient naître les peuples forts.
La charrue fait place à l'armure
Quand on veut conjurer le sort.

Toutes les chaises du collège – chaises de jardin incluses – s'alignaient en rangs serrés sous un velum de guirlandes de papier tricolore dont la confection et l'accrochage avaient requis le moindre concours disponible. Au premier rang : Mme Legrand, Mme Felz et le corps professoral dans des falbalas naphtalinés qu'elles ne devaient pas endosser une fois l'an. Derrière, compte tenu de leur rang et de leurs moyens : les parents d'élèves, les ex-élèves-présentes-parmi-nous, les amis-de-toujours et la resquille. Dans le fond : le personnel laborieux, sévèrement plaqué au mur à tout mouvement divers. (Jeannot-Watson, pris en sandwich – et qui s'entêtait à m'adresser des messages en morse – ne ressemblait déjà plus, à l'heure où nous vous parlons, qu'à une galette de pain azyme.)

Après dix minutes de ce *forcing*, j'avais mouillé deux mouchoirs, et Moira n'aurait pas levé les bras pour un empire.

Elle se contenta de me pousser du coude :

– On s'en va? On reste? Ma robe va être fichue.

(Une robe de soie sauvage, plissée comme un millefeuille.)

– On reste. Les lourdes sont bouclées.

Nous avons connu la défaite

clamaient les gosses dans un crescendo final :

Creuset de mort où bout le sang.
Par nos victoires et nos défaites,
Rendons le dieu Mars impuissant.

(Vues comme je les voyais – de bas en haut –, elles risquaient plutôt de lui donner des idées.)

A l'*Hymne à la France* succéda l'*Hymne au Travail*, d'inspiration plus familière :

Je suis descendue,
Chantonnant, chantonnette,
A l'ombre du vert buisson.
Je suis descendue,
Chantonnant, chantonnette,
La fourmi fait sa maison
En chantant.

Je ne sais si Mme Felz s'était souvenue du souhait exprimé par moi l'avant-veille, à savoir que le meurtrier serait présent à la fête.

Le certain, c'est qu'il n'y manquait pas un suspect...

Sur leur estrade de velours rouge : les jeunes filles lavande.

Devant nous – et manifestant quelque inquiétude de nous savoir dans leur dos, un coup de pétard est si vite parti ! : les éducatrices chargées de leur enseigner « à se bien conduire dans un monde hostile », comme disait Mme Felz.

A notre gauche et placés, vu leur deuil cruel, au bi du bout du premier rang : Mme Berg et son da Costa de fiancé, elle tout en noir – sauf les dessous –, lui l'éventant à l'aide d'un programme polycopié.

A notre droite : les Carnavon soupirant sur des registres différents, l'une d'aise comme chaque fois qu'on devait l'emmener au spectacle, l'autre d'énervement.

Moira me refit du coude :

– Regardez-le ! Il a dû se noircir avant de venir et s'est collé de l'outremer sur le nez.

J'avais surtout remarqué son air sombre, empoisonné, en déduisant que le feu n'était pas près de reprendre normalement aux *Soucis*.

– La pauvre ! ajouta Moira, qui a une dent contre les barbus.

Je n'allais pas la contrarier pour ça non plus, bien que grand-père Pons se plût à répéter : « Pour savoir ce qui fait tort à un homme, questionne sa femme. Si elle l'ignore, plains-le doublement. »

Moira ne tenait plus en place et montrait plus de jambes qu'il n'aurait fallu :

– Je me demande ce que vous attendez !

– Ce que j'attends pour quoi ?

– Réunir ces gens dans une pièce et forcer le coupable à se dénoncer lui-même comme ça se fait toujours.

Je dois reconnaître que je me le demandais moi-même depuis deux jours. Je savais – alors que je comptais l'apprendre en dernier – *comment*

Vissia avait été tuée : dans un dortoir *vide*, tandis que ses copines allaient faire les cornes à l'économe. Je savais aussi *pourquoi*, ou peu s'en faut, étant admis que vous êtes sûr d'extraire un œuf en tapant dans un quarteron : par amour, haine, jalousie, envie ou intérêt, tout mobile insolite paraissant écarté... En bref, il ne me restait plus qu'à justifier ma réputation, prouver que je ne biberonnais pas sans motif sérieux.

– Ça vient? insista Moira.

Eh bien, non, justement, *ça* ne venait pas! J'avais eu beau répertorier tous les suspects : aucun ne me paraissait coupable; tous les mobiles : aucun ne me paraissait probant. On ne meurt pas plus d'une bronchite *chronique* qu'on n'assassine pour une bonne raison *constante*. Il y faut ou l'occasion ou le prétexte...

Vous attendrez généralement, pour descendre l'amant de votre femme, qu'il se serve de votre rasoir électrique, un train fou pourrait couvrir sans accident la distance Paris-Nice, sauf erreur d'aiguillage, l'erreur déterminante qu'il me restait à découvrir, moi, pour être dans la bonne voie!

Entre-temps, les gosses, rodées, n'avaient pas arrêté de faire du bruit pour dix-huit et Mme Airelle Perse de courir *prestissimo possibile* de l'une à l'autre comme une danseuse de matchiche tâtant de la raspa :

Travaillons, ma mie, en chantant
Travailler – youp – c'est la vie!
Le travail, c'est du bon temps,
Travaillons, ma mie, en chantant!

N° 4 : Mélodie, de Fauré (*Suzan* LUKAS), annonçait le programme polycopié.

Mais une double surprise nous était réservée, au public et à nous deux Moira et moi. Accompagnatrice et chanteuse faisaient cavaliers seuls, la première s'en tenant à l'exécution prévue, la seconde venant de prendre un départ prématuré et d'attaquer sans autre avertissement :

Si le ciel était la mer et si j'y avais une île...

Moira en était toute chavirée :

– Vous ne trouvez pas qu'elle a un joli contralto ?

– Si. Pour crier au feu.

Peut-être Suzan se fût-elle, tout compte fait, taillé un joli succès si l'île était demeurée déserte. Le malheur voulait que deux amants naufragés y prissent pied dès le premier couplet et fussent amenés à extérioriser une passion longtemps contenue en des termes dépouillés d'équivoque. Résultat : ces dames, faisant litière d'un intérêt bien naturel, se sentirent bientôt unanimement enrhumées, alternant coups de trompe et quintes de toux.

– Dégoûtant ! s'indigna Moira. Elles lui coupent tous ses effets !

Je m'abstins de lui faire remarquer que la naufragée me paraissait en dangereuse posture de perdre les siens, car j'aurais eu l'air de vouloir faire un mot.

Suzan crochetée, vint le tour des petites.

Costumées en gitanes et gitans, elles commencèrent par se grouper autour d'un feu de camp où des copeaux de papier rouge s'essayaient à faire bouillir une marmite (vide) dans laquelle la plus douée pour la comédie touillait avec une cuiller à manche. Pour autant que je pus comprendre, elles semblaient regretter amèrement d'être là et soupirer après leur Bohême natale :

Hé, ho ! Au fond du val !
Hé, ho ! Cours, mon cheval !

(Elles prêchaient d'exemple.)

Ce pays de rêve que nous adorons-ons,
Nous cherchons à le voir paraître
Dans le refrain-ain de nos chansons-ons...

Cinq minutes plus tard, dûment applaudies pour leur triple révérence, elles revenaient chercher la marmite, le feu et les arbres, s'activaient à planter un nouveau décor d'une sobriété chinoise et nous conviaient à découvrir le mot clé d'une charade en deux tableaux se présentant comme suit :

Premier tableau : Un bureau où cinq ou six employés grattent du papier (écolier). Irruption d'un supérieur à moustaches reprochant à l'un d'eux la mauvaise tenue de ses livres. Renvoi ignominieux de l'employé négligent.

Second tableau : Un *living* moyenâgeux où une dame en hennin pleure sur une tapisserie en voie de confection. Apparition d'un preux chevalier appelé d'urgence à Jérusalem. Sortie – par le fond – du preux chevalier.

Moira assista au premier tableau sans commentaire. Mais, au cours du second, la dame en hennin n'avait pas encore commencé de s'attendrir vraiment que ma Sophie me regardait par en dessous, l'air mauvais :

– Je suppose que cette solution-là non plus vous n'êtes pas fichu de la découvrir?

Je plaidai coupable :

– Comment voudriez-vous?... Un type qui se fait vider... Un croisé qui part pour la croisade...

Je n'avais pas achevé que nous étions debout, ma chaise et moi.

Je savais.

Je savais *qui.*

Par malheur, le coupable avait dû comprendre avant moi.

La première rangée de chaises présentait l'aspect affligeant d'une mâchoire où il manquerait deux dents.

Et je n'avais pas moins de deux cents personnes

à enjamber pour atteindre la porte du fond, la seule qu'on eût oublié de fermer et dont le battant battait maintenant sourdement...

25

Je n'oserais affirmer que ma sortie passa inaperçue. Je serais plutôt tenté de prétendre que je n'en fis jamais de plus remarquée. Collectionnant sur tout le parcours des « O-oh! » jodlés, je n'avais qu'un objectif : la porte du fond, qu'un souci : lutter contre la montre.

Les petites, sur leur estrade, en restaient bouche bée. Mme Felz, debout, sa canne brandie, paraissait se demander sur qui la laisser retomber.

Moira, éperdue, criait : « Pacha! Pa-cha! », comme abandonnée sur une île déserte.

La porte battante donnait sur un couloir au bout duquel le soleil de 4 heures dessinait un rectangle lumineux. Le temps de disperser un commando de guêpes et j'étais dans le parc, clignant de l'œil comme un vieux beau.

Pas plus de coupable que sur ma main. Par bonheur, je savais où l'agrafer.

Mille bêtes de vacances zonzonnaient autour de moi, les roses dégageaient un parfum si lourd qu'il semblait pouvoir être enfermé tel quel en flacon. Je m'orientai, une main en visière, rendis le jus...

Une allée, une autre allée. Une pelouse, une autre pelouse. Une bordure, une autre bûche.

Comme je tournais l'angle du bâtiment, il me parut entendre courir derrière moi, mais je n'eus garde de me retourner : emporté par ma lancée, je rasais le sol comme une hirondelle avant l'ondée.

Des murs de crépi crème, des volets peints en

bleu, une fenêtre où je m'épatai le nez en passant...

Pour une fois, j'avais mis dans le mille! Trente secondes de retard et Mèrémont comptait une nouvelle victime!

Par chance, la porte d'entrée était demeurée entrebâillée, je n'eus qu'à foncer, puis en pousser deux autres pour faire irruption dans le cabinet de consultation baigné de soleil.

Une femme était assise sur une chaise, le bras dénudé jusqu'à l'aisselle et comprimé par un garrot de caoutchouc. Penché sur elle, le Dr Cadet, en blouse blanche, fouillait ses chairs de la pointe d'une seringue hypodermique, à la recherche d'une veine.

– Minute, doc!

Le temps qu'il lève les yeux et mon poing le cueillait à la pointe du menton, l'envoyait ricocher contre une petite table qu'il bousilla dans sa chute.

La seringue s'était brisée en tombant sur le carrelage. Je m'approchai d'une vitrine, y pris deux boîtes pharmaceutiques jumelles.

Le docteur se relevait péniblement, cherchait à s'emparer d'un scalpel.

– Inutile, doc! dis-je, paralysant son poignet du plat de la main. J'ai assisté, du dehors, à l'échange subreptice des ampoules. En lieu et en place d'inophyline, vous vous disposiez à injecter à votre patiente une dose égale d'adrénaline qui, vu son état, l'aurait ratatinée dans la minute aussi sûrement qu'un poison mortel.

Mlle Tournesac retint – mal – un gémissement de souffrance :

– Ce... c'est vrai! J'ai découvert avant vous le mot clé de la charade, compris que vous alliez comprendre... Je me suis levée, simulant un malaise... Le docteur m'a entraînée, accompagnée jusqu'ici... Je savais qu'il serait amené à me tourner le dos... J'ai attendu, changé une ampoule de boîte...

– Vous vouliez mourir de sa main?

Elle acquiesça, sans un regard pour l'homme dont elle parlait :

– Je ne pouvais pas lui demander..., lui avouer que le courage me manquait! Je comptais qu'il ignorerait toujours tout, croirait à une crise plus aiguë que les autres...

Le Dr Cadet ne songeait apparemment plus à m'en vouloir de mon énergique intervention. A en juger par son air défait, il devait avoir commencé à procéder à son examen de conscience :

– Félicie, vous êtes folle! Cette enfant... Vous ne vous êtes tout de même pas imaginée que je comptais l'épouser?

– Je ne sais pas. *Vous ne vouliez plus m'épouser, moi!*

– Com-comment avez-vous pu?...

Mlle Tournesac dut se méprendre sur le sens réel de la question :

– Je savais que les petites chercheraient à m'effrayer cette nuit-là *car la lune était dans son plein...* J'ai versé un somnifère dans le verre d'eau de Vissia, espérant qu'elle le boirait comme d'habitude en se couchant, dormirait déjà quand ses compagnes se relèveraient vers minuit... J'ai gonflé mes draps avec des coussins et des essuie-mains, disposé sur l'oreiller la perruque de Mrs Baker-Queen... Je me suis cachée dans un placard du palier, attendant que les petites se fussent dirigées vers ma chambre, suis entrée dans le dortoir... Vissia ne dormait pas, mais ses condisciples, avant de sortir, l'avaient ligotée par jeu... Les circonstances elles-mêmes m'invitaient à aller jusqu'au bout... Je ne lui ai pas laissé le temps de crier, d'appeler.. Je m'étais munie d'un bas, devenu inutile... J'ai noué ses tresses autour de son cou, serré... Je ne crois pas qu'elle ait souffert, mais elle a sûrement dû comprendre...

Le Dr Cadet, passant un doigt dans son col, me jeta un regard de détresse :

– Il fallait – je ne sais pas, moi ! – me confier vos alarmes, m'ouvrir votre cœur ! J'aurais compris...

Le bon gros !

Mlle Tournesac secoua la tête en lissant sa jupe avec une inconsciente obstination :

– On ne comprend jamais ces choses-là qu'après, *trop tard* ! Vissia non plus n'a pas compris quand je l'ai suppliée de vous laisser : « Que me donnerez-vous si je vous le rends ? Dix sur dix de conduite ? » m'a-t-elle demandé... Elle avait toute la vie devant elle, moi peu d'années... *Je ne pouvais plus me permettre d'attendre...*

Elle releva les yeux pour la première fois, des yeux qui semblaient avoir passé de couleur, comme déteints par un feu intérieur :

– Elle partie, je croyais réussir à vous consoler, vous reprendre, mais tout s'est passé autrement... Vous cultiviez votre chagrin, vous vous êtes mis à l'aimer d'autant plus que personne ne pouvait plus vous la prendre... Je m'attendais à devoir payer un jour... Pas si vite...

L'imbécile, seul, méprise les vérités premières.

Le jour de mon arrivée à Mèrémont, j'avais fait remarquer à Mme Felz que l'économe était mieux placée que quiconque pour commettre le crime, qu'elle n'aurait eu que le palier à traverser, deux portes à ouvrir. « Oui, m'avait répondu la vieille dame. Et une à fermer. Sur son passé. »

Comment n'avais-je pas compris plus tôt ?

Comment n'avais-je pas compris, quand cette pauvre Félicie avait eu sa crise en ma présence, la nuit où je m'étais introduit dans le dortoir, qu'elle souffrait plus de remords que de peur ou de mal, qu'elle commençait *déjà* à subir le sort de l'abeille ?...

Je ne sus jamais depuis combien de temps Mme Felz se tenait dans l'encadrement de la porte, appuyée des deux mains à la poignée de sa canne, son ombre noire projetée devant elle.

Elle y était apparue sans bruit, sans avertissement, comme apparaissent les fées et la Mort.

Je suis sûr, à la réflexion, qu'elle dut s'avancer dans la pièce, mais j'aurais soutenu le contraire à ce moment-là : que l'ombre seule de sa canne nous désigna les débris de la seringue éparpillés sur le sol.

J'aurais de même juré que sa bouche resta fermée quand elle dit d'une voix inconnue :

– Docteur... Vous devez bien avoir une seringue de rechange ?

26

Je n'ai jamais revu le commissaire Broche, mais, au moment de refermer le dossier relatif à cette enquête, je retrouve une carte-vue, postée à Mèrémont le jour même de la distribution des prix et qui porte cette simple phrase :

Décidé mettre mon aînée Sacré-Cœur.

(s.) BROCHE

27

Je retrouve aussi la liste « complète » des suspects, dressée par Mme Felz et que j'ai omis, pris par mon sujet, de vous communiquer jusqu'ici *in extenso* :

PROFESSEURS :

Enseignement général : *Mlle Sergent.*
Langues étrangères : *Mrs Baker-Queen.*
Musique et dessin : *Mme R.-L. Perse.*
Economat, couture et surveillance : *Mlle Tournesac.*

ELÈVES :

Corral Martine, française, 16 ans, sujet doué.
Davito Joconda, italienne, 16 ans, sujet intéressant.
De Joyeuse Odette, française, 15 ans 1/2, bien notée.
De Mercy Marie-Thérèse, française, 16 ans 1/2, bonne élève.
Deretour Alice, française, 16 ans, bonne formation.
Deschamps Sophie, française, 15 ans 1/2, excellent sujet.
Dufrène Danièle, française, 15 ans, études poussées.
Durrieux Danièle, française, 16 ans, élève appliquée.
Hackman Resi, hollandaise, 16 ans, bonnes notes.
Hauban Maria, française, 16 ans 1/2, sujet intéressant

Lampargent Emma, française, 15 ans, sujet exceptionnel.
Lukas Suzan, anglaise, 17 ans, forte personnalité.
Möller Dorothée, allemande, 16 ans 1/2, sujet d'avenir.
Morvan Michèle, française, 16 ans, esprit curieux.
Pinay Aimée, française, 16 ans, sujet intéressant.
Pottier Louise, belge, 17 ans, en progrès.
Poustilnikov Olga, russe (blanche), 16 ans, nature sensible.
Zeemans Wiesje, française, 16 ans, très sportive.

Peut-être ce tardif début découragera-t-il certains lecteurs de commencer un livre par la fin?

Menton, 1951-1952.

IMPRIMÉ EN FRANCE PAR BRODARD ET TAUPIN
Usine de La Flèche (Sarthe).
ISBN : 2 - 7024 - 2273 - X
ISSN : 0297 - 0384

H 31/0758/8